Pubblicato in accordo con The Italian Literary Agency

La citazione a p. 47 è tratta da *Speranza abbandonata* di Nadežda Mandel'štam, traduzione e cura di Valentina Parisi e Marta Zucchelli, Edizioni Settecolori, Milano 2024.

www.einaudi.it

ISBN 978-88-06-27121-3

Laura Imai Messina

傘

Le parole della pioggia

女

Einaudi

Le parole della pioggia

Prologo

– Sono nata in un giorno di pioggia.

Se l'altro non ci ha sentite, stiamo in silenzio un momento e poi ripetiamo: – Sono nata in un giorno di pioggia.

Non aspettiamo neppure che vengano sbrigate le formalità, che i clienti mostrino il codice di prenotazione sul cellulare o che, a un primo sguardo, li si possa considerare brave persone.

Innanzitutto diciamo: – Sono nata in un giorno di pioggia –. Solo allora impugniamo l'immenso ombrello che ci sovrasta, allunghiamo il piede in strada e prendiamo a camminare con loro per la città.

È una frase che ci ha insegnato Aya e amiamo pronunciarla con una certa solennità.

La cupola rimane spalancata fin dal primo momento in cui i clienti ci individuano all'uscita della stazione, fuori dal ristorante, davanti al cancello dell'abitazione o in qualunque altro luogo in cui sia stato concordato l'incontro. Deve essere loro chiaro che siamo noi le donne che stavano aspettando, che saremo noi a guidarli al riparo sotto il nostro ombrello.

Osserviamo i clienti venirci incontro, scendere le scale, attraversare la strada, correre sulle strisce, ignorare il rosso o aspettare pazientemente il verde; li studiamo mentre chiudono di spalle la porta a chiave, scendono distrattamente da un taxi o emergono spaventati dalla folla di Shibuya, si affacciano timidamente da un vicolo di Kichijōji e ci esaminano a loro volta.

Quando ci raggiungono, infine, alcune di noi sorridono senza fatica, altre si imbarazzano e tossiscono appena, altre ancora si emozionano o fanno un inchino troppo profondo domandandosi inquiete perché mai, alla fine, abbiano deciso di non lasciare questo bizzarro mestiere.

Solo Aya non è mai pentita. Lei è persuasa d'essere una donna-ombrello da prima ancora che vedesse la luce la nostra agenzia.

Osservando i nostri clienti ci facciamo immediatamente un'idea: pensiamo che saranno gentili, che saranno tipi noiosi, che hanno il cuore spezzato (o che sono stati loro a mandare in frantumi il cuore di un altro), che sono troppo allegri per un tempo tanto cupo. Alcuni hanno avuto una brutta giornata, altri non spiccicheranno una parola, altri ancora ci stordiranno con battute banali che reputeranno però intelligenti. Capiterà che, a vederci, anche loro si sentiranno pentiti; eppure, per molti sarà un'esperienza indelebile come è la prima carezza che si porge a un cane.

Spesso l'idea che ci siamo fatte su di loro è esatta, piú spesso l'idea che ci siamo fatte su di loro è errata. Ma appena siamo a una distanza difficile da equivocare (*Sono i nostri clienti!*) cacciamo via tutti i pensieri.

– Si avvicini, – diciamo. – Venga sotto l'ombrello.

Incoraggianti, aggiungiamo: – Dove vuole che la accompagni?

Lo chiediamo ogni volta, con sincero interesse, anche se la risposta già la sappiamo da ore.

心の雨 *kokoro no ame*
Pioggia del cuore o pioggia nel cuore

Nasce dall'abbinamento del carattere che dice il «cuore» 心 a quello di «pioggia» 雨. Suggerisce un turbamento interiore, una qualche angoscia o afflizione, simili al cadere costante e silenzioso della pioggia. Può rappresentare metaforicamente il pianto, specialmente quello trattenuto.

È una piccola agenzia nata dall'idea di un vecchio dirigente a fine carriera. L'ha confessata una sera di giugno nell'*izakaya* dove era andato a bere con i colleghi, al termine di una giornata assai impegnativa.

– Sogno, – ha esordito, – un servizio di accompagnamento sotto l'ombrello, per quando uno se ne trova sprovvisto e un temporale scoppia all'improvviso.

I presenti, tutti uomini vestiti in completo e con le cravatte allentate o penzoloni sul braccio, hanno sollevato lo sguardo, rapiti da quel curioso fervore che non avevano mai colto nella voce del vecchio.

– Cosí, – ha ripreso, – anziché affrettarsi al *konbini* piú vicino a comprare uno di quei brutti modelli trasparenti a basso costo, ecco che arriva una donna che si offre di fare insieme la strada sotto al suo grande ombrello.

Qualcuno ha chiuso gli occhi come sognando il suo sogno. Qualcun altro li ha strizzati, per guardare meglio.

– Immaginate! – ha esclamato il vecchio. – Immaginate che bello!

E ha allungato un braccio e steso il palmo nel vuoto, scavando nell'aria quel futuro particolare affinché chiunque potesse vederlo.

– E poi? – ha domandato un giovane impiegato.

– Sí, sí, e poi che succede? Con la donna-ombrello…

Il silenzio che si andava divaricando bruscamente si è ricucito.

– Una chiacchierata sulle faccende del mondo, un orecchio gentile in ascolto dei nostri guai, qualche racconto privato… magari una memoria del passato, cos'altro? – ha chiuso asciutto il vecchio. – La poesia, amici miei, non ammette volgarità. La bellezza è innanzitutto rispetto.

Chissà se quella sera all'*izakaya* qualcuno ha riso o erano già tutti troppo inzuppati di alcol per accogliere le parole dell'uomo con la serietà che avrebbe richiesto l'ammissione di un sogno.

Il sogno, peraltro, ha un'età precisa, ovvero il tempo che separa colui che lo ha sognato dal ricordo del primo amore – una ragazzina dai capelli lucidi e neri, di pochi mesi piú grande – e di un pomeriggio d'agosto talmente remoto da possedere il nome di due ere precedenti a quella in corso.

All'epoca l'uomo aveva tredici anni, lei tredici e mezzo, ed erano entrambi allo spaccio che sorgeva sulla statale, a un paio di chilometri dall'inizio del loro paese nella prefettura di Yamanashi: lui era stato mandato dalla madre a comprare il sale, lei le uova, due caramelle sciolte e le sigarette dal padre. Imbarazzato da quell'amore che già da mesi gli allagava la mente, il ragazzino non le aveva rivolto neppure un cenno di saluto, nonostante si fossero visti a scuola innumerevoli volte. L'acquazzone li aveva sorpresi sulla via del ritorno, con le verdissime risaie ai lati della strada sterrata e le montagne davanti, incappucciate da una foschia che la pioggia, anziché disperdere, intensificava.

Camminava dietro di lei, a distanza di una decina di metri, cosí da poterla osservare senza essere visto. Si cibava di ogni suo passo: piluccava le gambe magre e un po' storte, divorava la colata compatta dei lunghi capelli che le battevano a intervalli irregolari sulla schiena, esaminava rapito il dondolio della sporta appesa al suo braccio.

Quando la pioggia aveva iniziato a infittirsi fino a trasformarsi in una parete ricoperta di graffi, lei aveva spalancato l'ombrello e, nel farlo, si era voltata indietro un momento e lo aveva riconosciuto.

– Vieni qui sotto, – gli aveva gridato ed era arretrata per andargli incontro. Lui si era offerto, in cambio, di tenere per entrambi il pesante ombrello di legno ma, imbarazzato, aveva lasciato fuori dal cerchio metà del corpo.

– Che acquazzone…

Il lieve contatto dei fianchi, il collidere sporadico delle braccia, il battibeccare delle spalle lo avevano profondamente commosso. Il cuore gli faceva male dal tanto agitarsi e saltare.

Durante il tragitto, lei non aveva smesso un momento di parlare e lui era rimasto in silenzio. Forse quella stessa emozione che in lui prosciugava il linguaggio su di lei aveva l'effetto contrario. O perlomeno, al ragazzino era piaciuto fantasticare cosí, portando avanti con tanta tenacia e caparbietà la speranza d'essere amato a sua volta da farsela bastare per il tempo a venire. Eppure, negli anni, si era domandato se l'illusione d'essere ricambiato nel sentimento non fosse stata, per ironia della sorte, l'ostacolo maggiore alla sua realizzazione. Appagato da un amore immaginario, non si era mai preso il rischio concreto di chiedere alla ragazza se fosse vero, se anche lei lo guardasse con la coda dell'occhio nei corridoi della scuola e per le strade del paese; se, soprattutto, lo immaginasse anche dove non era, come capitava a lui in continuazione.

Forse, avrebbe pensato invecchiando, mi sono riempito la pancia con poco.

Quel giorno d'agosto, con l'acqua che si era tramutata in una cascata di chicchi di riso, la ragazzina gesticolava sotto l'ombrello.

– Pioggia delle foglioline nuove, pioggia azzurra che convoglia nel mare, pioggia di inizio estate, pioggia dell'ultimo istante, pioggia che bagna le ortensie, le viole, le piantine di riso appena spuntate…

Tracciava prima in aria il carattere e recitava la sua lettura indecifrabile, poi lo spiegava rapidamente.

– Ci sono talmente tante parole per dire la pioggia, lo sapevi?

Mentre la ragazzina spargeva lungo la strada quei termini assurdi come semi rarissimi, lui cercava faticosamente di cogliere i loro suoni incongrui. A tratti la voce era sovrastata dal boato dei tuoni e allora lui corrugava la fronte, incapace di domandarle: «Non ho sentito, puoi ripetere per favore?» Rimaneva zitto, concentrato nello sforzo di reggere il manico dell'ombrello in una verticale perfetta rispetto al piano orizzontale della terra.

– La ricerca di scienze la farò proprio sul vocabolario della pioggia. Ho chiesto alla nonna e mi ha detto che di queste parole ne conosce almeno venti e mio nonno, oltre a quelle, altre sedici. È perché scrive *haiku* e li manda al giornale e quindi gli servono sempre tanti termini cosí, stretti stretti, che dicono una cosa soltanto, molto speciale e piccolissima.

Procedevano sotto l'ombrello, e il ragazzino si sentiva combattuto tra la paura di essere scoperto e deriso dai compagni di scuola, e il desiderio abbagliante di starle vicino. Senza rendersene conto, accorciava sempre piú la gittata del passo, cosí da prolungare quel tempo miracoloso in sua compagnia. Il lato destro del corpo, lasciato fuori per il pudore di occupare troppo spazio, ormai era zuppo.

– La pioggia di oggi è cosí violenta che… – sospese lei pensierosa, – potrebbe essere *shindō* 嗔怒雨. È una parola scritta in modo difficilissimo, me l'ha indicata ieri mio nonno sull'enciclopedia. Si usa poco perché c'entra col buddhismo e con la Cina, ma significa «quando spalanchi gli occhi per la rabbia», insomma quando sei proprio furioso. È una pioggia furibonda che provoca tuoni assordanti, esattamente come questa, – concluse puntando un dito oltre il cerchio che teneva le loro teste all'asciutto.

Aveva tracciato i due caratteri in aria, assemblandoli infine a un terzo: quattro gocce sottili alla finestra.

– Personalmente la adoro! Quando piove la gente si scoccia, io invece mi sento allegra!

A distanza di decenni, la conclusione di quella passeggiata, dove esattamente si fossero separati e se lui l'avesse scortata fino a casa o viceversa, se l'era mangiata la memoria. Lui sarebbe trasalito per mesi ogni volta che a scuola qualcuno avesse disegnato con i gessetti la forma di un ombrello sulla lavagna, temendo che vi trascrivessero in verticale, a destra e sinistra, i loro nomi. Il ricordo della passeggiata, complicato da quell'emozione che mescolava in maniera indistinguibile desiderio e imbarazzo, lo avrebbe accompagnato a ogni temporale improvviso nel gesto di tenere per qualcuno l'ombrello, adulto o bambino, quando lo avesse scrollato all'ingresso di casa o entrando in stazione al coperto. A giugno, durante la stagione delle piogge, sia che si trovasse a Tōkyō, a Ōsaka per lavoro o tornasse a Yamanashi dalla famiglia d'origine, quel tempo condiviso sotto l'ombrello sarebbe stato un pensiero pressoché quotidiano.

Tuttavia il progetto di aprire l'agenzia di donne-ombrello, confessato una sera di giugno davanti ai colleghi all'*izakaya*, non è stato realizzato dal vecchio signore ma da suo figlio, un quarantenne dal cuore buono ma con troppe idee, nessuna delle quali capace di stare in piedi.

Quando, dopo qualche mese, il padre è morto all'improvviso, il figlio ha preso in consegna il suo sogno. Di tutte le attività che il figlio ha iniziato (un ristorante di *tōfu*, una lavanderia a gettoni, una linea di abbigliamento per bambini daltonici, un servizio di lettura ad alta voce per anziani) solo questa piccola agenzia ha superato il quinto anno.

Quale fosse l'origine del sogno del padre, il figlio la ignora.

– ... è cominciata per scherzo. Ci dicevamo: figurati se ci riusciamo! figurati se qualcuno si avvale di un simile servizio! Ma mio padre si era fissato e da quando si è ammalato non ha voluto piú occuparsi di altro. Di passaggio in passaggio, ci siamo accorti però che si stava effettivamente concretizzando.

Poi, dopo una breve pausa in cui ricaccia la nostalgia come soffiando via un dente di leone, aggiunge:

– Mi piace pensare di aver ereditato l'ultimo desiderio della sua vita.

香雨 *kōu*
Pioggia profumata

È la pioggia che sprigiona un buon profumo, l'odore che si alza quando l'aria è bagnata. Da 香 «profumo», «incenso», e 雨 «pioggia». Si tratta di ciò che fa dell'aria una massa compatta, un presagio della pioggia prima che essa realmente cada.

Alcune di noi amano la pioggia, trovano che sia esattamente ciò che manca all'aria. Altre la detestano, rimarrebbero la giornata intera a casa a guardarla dalla finestra. C'è chi dice che è sciocca, che cade e basta, e chi invece dentro la pioggia si sente protetta. Una di noi, Kako, crede che non sia altro che l'insieme delle lacrime piante dalle sue antenate. *Nelle fotografie avevano visi impassibili o sorridenti ma io so che piangevano di nascosto per i loro matrimoni infelici*. Miwa invece sussurra che non le è mai capitato nulla di buono nei giorni di pioggia ma che, suo malgrado, è nata con la speranza. *Forse è per questo che mio padre mi credeva sciocca*. Kate, che è straniera, ha addosso un'euforia bella che non la lascia né nei giorni di vento né di tempesta; solo quando sale la nebbia, si incupisce e rifiuta gli incarichi dell'agenzia. *La nebbia mi ricorda la campagna di Point Reyes dove sono cresciuta: mi spaventa*.

Siamo studentesse universitarie, casalinghe, disoccupate annoiate, ricche vedove, donne senza alternative, donne con un futuro strabiliante, donne piene di prospettive che però non hanno voglia di cogliere. Lo facciamo come part time per sostenere le spese quotidiane, per mandare i bambini al corso di calligrafia o di pianoforte, per dare un senso alle nostre giornate, per permetterci qualche lusso, perché nostro marito ci tradisce, perché vogliamo dimostrare a noi stesse d'essere diverse. Maruta-san ha un figlio ventenne. *Preferisco fare la donna-ombrello e camminare anziché stare immobile alla cassa di un supermercato*. Eva cercava qualcosa di emozionante dopo che l'azienda di famiglia è fallita e lei ha dovuto rinunciare a un futuro a lungo pianificato. *Ogni volta è come un viaggio*.

La maggior parte di noi non ha detto a nessuno che fa questo mestiere. È difficile da confessare, potremmo venire fraintese. Almeno tre di noi vivono con la paura costante d'essere scoperte: continuano, ma a patto che i tragitti siano in una zona di Tōkyō lontana da dove abitano. A Harumi l'idea d'essere riconosciuta ripugna per principio (*sarebbe come essere spiata mentre sono in bagno*); Masako, al contrario, ne va fiera (*sotto l'ombrello mi sento bellissima*); per Sakura è una vendetta (*spero sempre di incontrare mia suocera o qualche sua amica*) e Haruka, che studia all'università per diventare psichiatra, è affascinata dall'idea di incontrare sconosciuti ogni sera (*loro parlano e io ascolto la loro vita, e tutta la scienza dello stare al mondo mi si manifesta*). Altre tra noi lo fanno per sfida, per misurare fisicamente il pericolo, e per capire cosa significhi una coincidenza. Per quanto sia estesa, questa città ne contiene una quantità immensa.

A volte, ci piace pensare d'essere venute al mondo per questo, d'essere state scelte da un destino esigente che voleva noi e nessun altro ad accompagnare sotto un ombrello la gente. Sappiamo, però, che non è vero. Per nessuna di noi diventare una donna-ombrello è stata una vocazione, fatta eccezione per Aya. Aya è diversa.

– Non potrei mai fare altro, – dice, e lei soltanto può pronunciare la frase «Sono nata in un giorno di pioggia», e sapere che non mente.

Aya non è nata a Tōkyō, ma in una zona piú a sud-ovest del paese, in campagna. Le piace la nostalgia che le provoca pensare a ciò che ha perduto e, nel magazzino dell'agenzia, quello in cui entriamo per prendere o riporre un ombrello a fine turno, lei si trattiene piú a lungo. *Gli ombrelli mi fanno sentire al sicuro. Ve l'ho mai detto che mio padre e mio nonno erano artigiani di «wagasa»? No? Sí? Volete che ve lo racconti di nuovo?*

Aya parla. È come una malattia. Parla con le persone, quelle piccole e quelle grandi, parla con gli animali. Dice tutto. Che si chiama Aya, che ha ventiquattro anni, che ciò che piú le piace fare è parlare e accompagnare le persone sotto il suo ombrello: se piove, dice, è indubbiamente meglio, ma se anche il sole batte forte, lei lo spalanca comunque e si ritrova in un luogo protetto. *Mi sento come una minuscola macchiolina d'ombra su un'immensa piazza assolata.*

Aya racconta anche di suo padre, del suo sguardo triste e severo mentre fissava le stecche, e di sua madre che attraversava la casa decine di volte con un vassoio e sei tazze colme di tè, nessuna delle quali per sé. Racconta del nonno ormai anziano che dirigeva i lavori dal suo seggiolino. *Non ho mai conosciuto qualcuno piú autorevole nell'immobilità assoluta del corpo.*

Aya non smette mai di parlare. Aya adora tutto ciò che cade.

漫ろ雨 *sozoro-ame*
Pioggia dell'inquietudine

Pioggia a minuscoli grani che pare tuttavia non finire mai, portando con sé una sensazione di lieve inquietudine e disagio. Da 漫ろ «la condizione di un cuore che non si acquieta» e 雨 «la pioggia».

Sotto l'ombrello camminiamo accanto a uomini tristi, euforici, stanchi. Capitano anche prenotazioni da parte di donne, ma sono in numero nettamente inferiore.

Qualcuna di noi ha ricevuto delle avances dai clienti. La maggior parte di noi le ha rifiutate, in poche le hanno accolte. Una volta scoperte sono state subito licenziate. *Mettete a rischio l'immagine dell'agenzia e la nostra sicurezza personale!* Piú spesso però se ne sono andate di propria volontà prima che accadesse. Quasi tutti i nostri clienti si sentono soli. Talvolta sono talmente sbronzi che serve chiamare un taxi, se sono ancora in grado di dire il proprio indirizzo, altrimenti li lasciamo sul marciapiede con una lattina di caffè accanto. Certi altri sono sporchi, sgualciti, con i pantaloni strappati e la camicia senza metà dei bottoni. Masako è stata sarta e non resiste alla tentazione di sfilare dalla tasca il kit da cucito. *Gli rimetto a posto almeno il polsino e il colletto*. Poi si avvicina e gli sussurra all'orecchio: – La figura è tutto, stia piú attento a come si mostra –. Mentre lei li ripara, loro rimangono fermi e in silenzio, come sotto l'autorità di una maestra d'asilo.

Ci corteggiano, minacciano, lusingano, affascinano con discorsi che non capiamo, ci promettono di darci ciò che stiamo cercando, ci danno quanto non volevamo, ci disapprovano (*Se fossi mia figlia non ti avrei mai permesso di fare questo lavoro*), ci elogiano (*Grazie a te questa sera non mi sento solo*).

Alcuni sono timidi, serve pescare loro le parole di bocca, come polpi che si nascondono nei fondali marini. Altri, invece, ci prendono per mano arroganti, si arrabbiano se ci allontaniamo di un passo. *Vieni qui, non ti faccio niente*, dicono. Poi, però, manifestiamo il nostro nervosismo e allora si fanno tristi, come bambini rifiutati dall'abbraccio materno. Ci dicono *ti amo*, *aiutami*, *alla mia età posso fare ancora qualcosa? accompagnami a casa! quanto tempo abbiamo ancora? sarò mai felice? secondo te lo sarò ancora?*

In quei casi, seguiamo i consigli di Aya.

– Rispondete loro che per la felicità c'è sempre tempo.

La guardiamo stupite. – Davvero?

Lei fa un cenno d'assenso con la testa e allora ci diciamo che, se pure non varrà per i nostri clienti, quella verità sarà utile a noi. A noi che viviamo con lo stesso dubbio.

Due tra di noi vengono da molto lontano. Non è questione di ore di treno ma di tempo remoto.

– Veniamo da un luogo estinto, – e mentre lo dicono noi pensiamo a dinosauri o ad animali cacciati troppo a lungo. – No, – rispondono, e sorridono della nostra ingenuità, – veniamo da un luogo che c'era una volta e che ora è sparito. È il mare che se l'è ingoiato –. Allora, finalmente, capiamo. – Qui siamo al sicuro dal mare, – continuano. – Teneteci al sicuro dal mare. Se accade di nuovo non vogliamo essergli accanto.

– E l'odore? – chiediamo. – Anche l'odore del mare vi è insopportabile? Quello arriverebbe comunque, soprattutto quando il vento è forte –. Non rispondono subito. Alla fine, però, lo fanno: – Sí, ma solo perché è la nostalgia a essere intollerabile.

Un'altra di noi viene da dove la neve è alta piú di due metri in inverno e per passare serve scavarsi una via, oppure bisogna uscire dalla porta al secondo piano, perché quella al primo è ostruita. Una di noi sorride quando la sente parlare; lei viene da dove non esiste l'inverno. *A Okinawa c'è soltanto la primavera, l'estate e un lunghissimo autunno*. Tre di noi fanno su e giú da Saitama – *un'ora e mezza di treno non ci pesa troppo* – e una da Yamanashi – *non rinuncerei alla vista del lago di Kawaguchi per niente al mondo*. Le altre vivono a Tōkyō, a Yokohama o in zone diverse del Kanagawa e di Chiba. Solo cinque di noi hanno vissuto all'estero, nessuna di noi ci è rimasta. *Volevo ma lui mi ha spezzato il cuore, troppe spese, troppo difficile ottenere il visto, troppo complicata la lingua, nessuno lí mi ha capito*.

Aya viene dalla provincia di Kyōto e ha un accento che appassiona gli abitanti di Tōkyō. Pare una cantilena, prende ogni curva nelle vocali e le allunga. – A Kyōto dite le stesse cose ma in modo meno diretto, sapete rendere raffinato anche un insulto, – la scherniamo. In quel dialetto tutto il negativo finisce in *hen* e già solo per questo ciò che pronuncia Aya non pare mai un rifiuto. – È una bambina che canta, – diciamo di lei quando siamo nel magazzino e scegliamo l'ombrello; se non conoscessimo la sua storia, ci sembrerebbe probabilmente quello soltanto, una bambina che canta.

Eppure Aya spalanca sí gli occhi, e sí ride come la pioggia, ma non è ingenua. Rimane tra noi la piú giovane, e forse anche la piú bella. È difficile distinguere la gioventú dalla bellezza, soprattutto per chi ha già perso la prima. Chissà, ci chiediamo talvolta, chissà se a cinquant'anni Aya sarà ancora bella.

Abbiamo trovato l'annuncio sul giornale, nella colonna di destra. Ce ne ha parlato un'amica. *Stavi cercando un part time, no?* Per caso siamo passate davanti all'agenzia con il logo di una donna-ombrello sull'insegna e ci ha fatto allegria. Abbiamo letto un articolo su internet. *Non sarà per caso una notizia inventata?* Abbiamo visto un video su un social network. Ne abbiamo incrociata una in carne e ossa per la strada e l'abbiamo seguita. *Era bellissima e ambigua.* Abbiamo trovato un biglietto da visita a terra, sulla metropolitana, infilato tra le pagine di un libro in biblioteca. *Il libro si intitolava «Le parole stagionali della pioggia»*.

Ad alcune di noi il compito è sembrato da subito facile, ad altre è parso a tal punto difficile da percepirlo insieme affascinante e impossibile. Abbiamo intuito che ci sarebbe stato dietro dell'altro. *Non può essere solo una faccenda di camminare e aprire un ombrello*. È capitato anche che fossimo stanche, sprovvedute, oppure che avessimo fretta di trovare un mestiere. *Avrei accettato di lavorare dovunque*. Abbiamo iniziato solo dopo aver fatto mille domande. Abbiamo iniziato senza capirci niente. *Perché no?* ci siamo dette. *Cosa ci vorrà mai?* Poi abbiamo pensato anche:

In fondo, non suona molto diverso da una passeggiata.

Sembra piú che altro un atto di gentilezza.

Il compenso è indubbiamente buono, riceviamo piú di quattro volte quanto guadagneremmo in un «konbini» facendo il turno notturno.

È bello lanciarsi in qualcosa di assurdo.

Sarà di sicuro un disastro.

Se mi mettono le mani addosso li mollo lí, sul posto.

Solo Aya ha sognato questo mestiere da molto prima che esistesse: – Mi è sempre capitato di prendere sotto il mio ombrello persone sconosciute. Vedevo qualcuno fermo a un semaforo e lo coprivo nell'attesa del verde. Però venivo fraintesa perché, se non hai uno scopo, in questa città la gente si allarma.

Tira su con il naso, sistema con la punta delle dita la frangia, impiega un tempo stupefacente a muovere minuscole ciocche, anche se poi, nel complesso, non cambia nulla.

– Forse, – ridacchia, – temevano che volessi attaccare bottone, che cercassi di vendergli qualche strano prodotto o che magari tentassi di reclutarli per una qualche religione. Preferivano infradiciarsi piuttosto che dire grazie.

A pensarci, è un vero peccato che Aya non abbia mai incontrato il vecchio signore, quello che per decenni ha custodito il sogno dell'agenzia delle donne-ombrello. Se fosse vissuta nel medesimo tempo e nella stessa geografia, avrebbe potuto essere lei la ragazzina con le gambe magre e un po' storte che lo accolse sotto la tesa di stoffa, parlando incessantemente dallo spaccio al paesino sotto la montagna.

Si sarebbero innamorati, probabilmente.

L'amore, del resto, nasce quasi sempre dal caso: dal trovarsi vicino.

Lui però non avrebbe conservato cosí a lungo quel sogno. Si sarebbe sciolto, cosí come si consuma tutto ciò che si desidera e che viene esaudito. Averla accanto, sotto il suo ombrello, gli sarebbe probabilmente bastato.

猫毛雨 *nekoge-ame*
Pioggia sottile come il pelo di gatto

Una pioggia rarefatta che riproduce l'effetto di morbidezza e spessore finissimo del pelo del gatto. Dall'abbinamento di 猫毛 «peli di gatto» e 雨 «pioggia». Nel dialetto di Shiga, una pioggia sottile. Tra la gente di Miyazaki, una pioggerella di foschia. Nella prefettura di Shizuoka, una pioggia dannosa per la coltivazione del grano.

Tōkyō è magnifica sotto la pioggia. Si fa doppia, tripla. Una dozzina di migliaia di città in una sola. *Zoe*, la città impudica in cui si spreca nei locali notturni l'amore e non si sognano figli propri. *Airi*, che in lingua yoruba significa «invisibile» ed è un intrico di viali nascosti in fondo agli armadi insieme agli abiti smessi. *Kasumi*, la città dell'oscurità, trafitta dai fiotti di luce dispersi dalle torce dei bambini, da quelli piú curiosi che la esplorano all'insaputa dei genitori.

La capitale si sviluppa in profondità, sia in cielo che in terra. Eppure, quando piove, anche ciò che è in alto e solitamente sfugge alla vista torna giú, trascinato a forza sull'asfalto che la specchia. L'acqua la fa ancora piú colorata e nelle fotografie pare che brilli tutta.

È un giocattolo, è una giostra su cui può salire chiunque e gira gira gira gira…

Attraverso un'applicazione sul cellulare ogni cliente esprime una generica preferenza sul tipo di ombrello da usare. Se dal manico di legno (*come quelli dei miei nonni in campagna*), di metallo o di plastica (*nuovi, per favore*); il colore e il motivo della corolla (*mi piacciono i motivi interni, come se il cielo si trasformasse in una distesa di fiori, nuvole e scarabei*); se dipinto a mano o invece trasparente (*desidero che si veda in filigrana la discesa delle gocce*). Consultano una galleria sullo schermo del cellulare, selezionano il favorito all'interno di una gamma molto ampia oppure, piú di frequente, decidono di lasciarci fare.

Insieme ai dettagli sul tragitto, sull'età e alle informazioni condivise dal cliente, l'applicazione ci comunica le sue preferenze, o la loro assenza, e ci avviamo nel magazzino per recuperare l'ombrello migliore. Gli ombrelli sono numerati e il catalogo è disponibile online. Sono indicizzati per grandezza, fantasia, luogo di fabbricazione, resistenza – proprio come si registrerebbe in una cantina l'invecchiamento dei vini, il bouquet di sapori e la provenienza. Rispetto a come si presentano sulla pagina, nella realtà gli ombrelli sono tutti stipati in uno spazio ridotto. Sulla vetrina del sito appaiono spalancati, pronti all'utilizzo; nel magazzino, invece, restano chiusi, come bruchi abbozzolati prima della metamorfosi.

Aya ne fa il censimento, li chiama per nome. Li ripassa tutti i giorni con una pezzetta, ne tiene d'occhio la conservazione e, se danneggiati, li

ripara, come ha imparato dal padre. Registra ogni evoluzione sull'etichetta, che resta infilata in una particolare tasca interna alla tesa. Li cataloga con sentimento, come ne trascrivesse l'infanzia, l'adolescenza e l'età adulta. Per ognuno che muore, e dobbiamo buttare, Aya mette su una piccola cerimonia commemorativa, come quelle che fanno nei templi buddhisti per gli aghi, le forbici, i coltelli, le bambole amate, i portafogli.

Ombrelli d'agosto, che restano asciutti per inventarsi l'ombra nell'ora in cui i fantasmi circolano indisturbati.

Ombrelli trasparenti, per vedere il mondo un po' opaco, per fingerselo vicino ma in realtà tenendolo sempre lontano.

Ombrelli costosi, per manifestare a tutti il proprio stato sociale e perdere di vista quanto è davvero importante.

Ombrelli dai colori accesi, per dare a intendere che tutto sia emozionante, per convincere chi lo maneggia a spiccare.

Ombrelli per nascondercisi sotto, ombrelli mimetici che assumono il colore dei muri quando gli si cammina rasente, che adottano la forma disordinata delle chiome quando si attraversano parchi o foreste.

Ombrelli Mary Poppins, con cui spiccare il volo e andare a salvare famiglie e infanzie.

Per il lavoro che facciamo, siamo in grado di capire la pasta di un uomo da come impugna l'ombrello, se lo sfrutta come un'arma per fendere la folla o se lo piega in modo da riparare chi ha accanto, un bambino o un cane, piú ancora che se stesso.

Abbiamo imparato negli anni a sezionare in tanti impercettibili movimenti il gesto di aprirlo. Individuiamo con le dita l'anello di metallo cui tutte le stecche e i tiranti fanno riferimento, lo strusciamo lungo il bastone, teniamo salda l'impugnatura e spalanchiamo infine la corolla, restituendo all'aria in un colpo le prime gocce che erano precipitate sulla calotta.

Ci incanta il rumore dell'ombrello quando si schiude, il puntale che i bambini strusciano a terra come un bastone. La felicità la abbiniamo a quel piccolo scoppio, come d'un palloncino che si avvicini troppo al sole, un *pum* che precede la fine del gioco; alla stessa maniera amiamo il passo che esita sull'uscio e quello subito dopo che, riparato dall'ombrello, si fa piú sicuro.

对雨 *tai-u*
Verso la pioggia, affrontare la pioggia

Composta dal termine 雨 «pioggia», preceduto dal carattere 対, che intende l'idea di «relazione», «direzione verso», «opposizione» o «fronteggiamento», evoca sia la contemplazione passiva sotto la pioggia – come di qualcuno che sia dentro ai propri pensieri mentre essa cade e ritma il paesaggio – sia l'avventurarsi attivo dentro di essa – come di qualcuno che esca deliberatamente e vi si immerga, sia per una commissione o per farne esperienza. È l'attitudine di chi affronta la pioggia.

Il tempo fuori e dentro l'ombrello è diverso.

Il tempo che trascorriamo sotto l'ombrello pare roso dal di dentro. I nostri sentimenti, ciò che pensiamo, l'odio che talvolta proviamo per il prossimo, tutto rimane sospeso. Accudendo i nostri clienti ci pare di rendere indietro ciò che abbiamo preso negli anni dalle nostre madri, che ci hanno amato visceralmente senza neppure rendersene conto, dalle nonne che ci imboccavano perché non erano piú assillate dal lavoro; restituiamo i giochi domenicali dei nostri padri impegnati, che ci portavano alle altalene nel piccolo parco di quartiere e spingevano le nostre schiene come allontanandoci per sempre da loro; diamo indietro i cerotti che le maestre e i maestri ci hanno applicato sulle ferite, la pazienza infinita che viene concessa solo ai bambini molto piccoli.

Ci diciamo che chi non ha avuto una buona infanzia forse non può fare questo mestiere. Qualcuna replica che, a esser sincera, non ha avuto un passato felice. Subito, però, si affretta a rettificare che è stata probabilmente capace di ricordarlo migliore. Qualcuna di noi, invece, mente, e qualcun'altra l'infanzia se l'è inventata da capo. *Quando sono diventata madre ho finto di ricominciare. La mia l'ho rimossa del tutto ma l'infanzia dei miei figli l'ho costruita meravigliosa.* In fin dei conti, siamo convinte che, se vogliamo qualcosa, ci basta credere di averla sempre avuta e di averla soltanto dimenticata.

– E poi, – dice Aya, che si inserisce sempre quando si parla, – non è mica un merito essere stati felici.

Eppure, abbiamo davvero qualcosa in comune: parlando di quando eravamo bambine, ci accorgiamo che buona parte delle nostre memorie hanno a che fare con l'acqua.

Saltavo nelle pozzanghere e mi pareva che si creasse intorno a me un'aureola come lo stampo dal bordo ondulato delle crostate. Io le misuravo con l'hula-hoop rubato alla vicina. Nessuno mi spingeva la schiena sull'altalena e ho imparato da me, sicché quando pioveva gli altri ragazzini tornavano a casa o si riparavano sotto le tettoie, io invece saltavo sull'altalena e volavo piú in alto di tutti. Tenevo aperta la bocca e la riempivo di pioggia.

Qualunque sia stata l'infanzia che abbiamo vissuto, siamo tutte d'accordo che c'è come una cerniera lampo che chiude fuori il tempo quando

apriamo l'ombrello. Non sappiamo individuare esattamente il momento, se quando lo impugniamo, o lo tendiamo verso l'alto, oppure quando accompagniamo l'anello fino all'estremo. Ma già mentre quello scivola su, e a poco a poco le stecche si divaricano e la stoffa si tende, ecco che si apre una bolla.

– D'improvviso vedi il mondo da *fuori*, mentre un attimo prima eri *dentro*. Quando sei sotto l'ombrello il mondo lo guardi accadere e tu diventi una mera spettatrice. Non puoi fare piú niente per lui, qualunque cosa succeda all'esterno del cerchio, tu non puoi piú intervenire, – sussurra Aya.

Ha la voce distorta dal lecca-lecca che le colma la bocca e che addolcisce il tempo tra la chiamata di un cliente e l'altra.

Tutto in lei evoca giugno. L'estate le cammina addosso.

– Manca molto alla stagione delle piogge? – domanda Aya impaziente. – È già la fine di maggio!

Sfogliamo il calendario attaccato alla porta del magazzino. È appesa la riproduzione di un quadro di Chagall, si intitola *La pioggia*: una nuvola fitta e contorta incombe grigia e nera su una casa, una fattoria e su un uomo che, per aria, insegue una capra.

Alziamo le spalle. *Aya, abbi pazienza*, le diciamo. *Al sud è già stata annunciata*. Aya sbuffa. *Vedrai, manca poco*.

– Ma poi come si capisce quando inizia?

Una stagione la si coglie in viaggio, nel suo approssimarsi, iniziare, esplodere e poi, di colpo, viene interrotta, d'improvviso è morta. Cosí la primavera giunge a febbraio, l'estate si palesa a maggio, l'autunno già ad agosto, l'inverno con i suoi abbozzi e tratteggi si sporge a novembre dal balcone.

– Eppure quando arriverà lo saprò, ne sono sicura, – esclama.

E nell'entusiasmo di quella certezza apre cosí tanto le labbra che un filo di zucchero del leccalecca cola ai lati della bocca.

Siamo donne-ombrello. Riconosciamo che c'è un che di ridicolo in questo. Nel nome, innanzitutto.

Alcuni, quando lo sentono la prima volta, pensano allo *yōkai* con l'occhio steso sulla stoffa e la lingua penzoloni. Altri, invece, ci trovano cercando in rete la leggenda metropolitana della «donna ombrello» che sembra essersi diffusa negli anni Novanta.

Si narra che questa creatura, raffigurata come una donna dai lunghi capelli neri, vestita con un *kimono* bianco e tra le mani un ombrello tradizionale di legno, appaia nel tunnel dietro la collina del crematorio di Yokosuka, nel Kanagawa. Si palesa intorno alle due del mattino, sotto la pioggia, e a chi passa senza ombrello offre con gentilezza:

– Vuoi che ti accompagni a casa?

È lí che cambia il destino. Perché se la si rifiuta non succede nulla, ma se si accetta l'invito e si prosegue insieme nel tunnel, si dice che non si riemergerà piú, facendo perdere definitivamente traccia di sé su questa terra.

下り坂 *kudari-zaka*
Strada in discesa

Espressione che, quando riferita al tempo atmosferico, intende condizioni meteorologiche in peggioramento. Non solo pioggia ma una generale tendenza al deterioramento.

Sulla mappa di Tōkyō c'è una lunghissima salita che taglia un fascio di strade tra il quartiere di Mejiro e quello di Takadanobaba. Si chiama Nozoki-zaka, «la salita da cui si sbircia», perché ad affacciarsi dal punto di caduta non se ne scorge il prosieguo: è troppo scoscesa. Lo sguardo salta e viene da sollevare le braccia e lasciarsi andare, come a bordo di un carrello sulle montagne russe. – È la piú ripida al mondo! – si vantano i bambini, esagerando i comparativi assoluti, mentre si dirigono verso la scuola.

Aya ama quella strada. Preferisce salirla perché conserva il ricordo d'essersi fatta male, da piccola, soprattutto in discesa. La fatica della scalata non la preoccupa, anche se *indubbiamente è una scarpinata*. Dicono che, tutta srotolata, Nozoki-zaka corrisponda a cinque piani di una palazzina.

Aya abita in una via a poca distanza e, dopo il lavoro – in orari in cui è troppo presto o troppo tardi per incontrare anima viva –, si mette accovacciata in cima e lascia cadere mandarini o piccole prugne trovate per terra. A poco a poco le sfere prendono velocità, iniziano a balzare piú in alto, sicché, invece che scorrere giú con lentezza, in pochi secondi sono già in fondo. Quando piove, senza le giuste accortezze, la strada è un fiume in piena. Si tramuta in una cascata. Aya si accorge che l'acqua si comporta alla stessa maniera dei frutti: non scorre e basta, talvolta salta.

C'è un impeto straordinario in Nozoki-zaka.

Aya lo ha pensato mentre quella mattina guardava l'ennesimo mandarino scivolare verso l'orizzonte sgombro. Ne ha sbucciato un altro, si è infilata la scorza nelle tasche, ha masticato lentamente la polpa.

È allora che è cominciato giugno e che lei ha sentito distintamente il loro arrivo, di giugno e di Toru, l'accelerazione dei passi di quel giovane uomo, la bocca nera e i capelli tinti di biondo.

Prima, ha visto qualcuno chinarsi ad afferrare il mandarino marcio che aveva lanciato, e poi ha avvertito uno spostamento d'aria immaginario ma gigantesco quando lo ha scorto prendere con foga la salita e correrle incontro. Si avvicinava con rapidità sorprendente e si ergeva in altezza. Raggiunto il quinto piano, la silhouette si è fatta distinta, cosí i lineamenti.

Toru le ha porto il mandarino sorridendo con la bocca stranamente piena. Aya, che parla sempre, si è zittita. Si è imbarazzata come se quel gesto fosse in realtà una ramanzina. *Come ti viene in mente di buttare per terra della spazzatura e farla rotolare da una salita tanto ripida?* Aya immagina il tono aspro di sua madre mentre a dodici o tredici anni la sgrida.

Si è sforzata però di rimanere concentrata sull'uomo e sulla sua bocca che non capiva. Lui ha sferzato un paio di pugni in aria e allora, finalmente, Aya l'ha decifrata. È un pugile, tiene un paradenti sull'arcata superiore, quella piú esposta.

Lo ha guardato rapita e ha sentito d'un tratto che con giugno è scesa anche la pioggia, le ortensie, le prugne *ume*, l'aurora alle quattro e quaranta, le lumache, gli arcobaleni, il gracidio delle rane, la muffa che divora le cose, il bucato che non si asciuga, la sporcizia che si accumula rossa e a macchioline nere nella doccia, la letargia, l'inerzia.

Si è alzata in piedi, ha spalancato l'ombrello. Ha detto *Grazie del mandarino* e *Venga pure sotto il mio ombrello, la riparo*.

Lui ha risposto *Grazie, ma mi sto allenando* e *Alla quinta salita però mi fermo*.

Le è suonato come un appuntamento e gli ha sorriso.

È accaduto cosí che sotto l'ombrello di Aya, una mattina di giugno, è entrato Toru.

Da allora, quando non lavora, Aya si siede in cima alla salita e lo aspetta. Non gli dice che è lui che aspetta, non gli dice quasi nulla e da questo silenzio, che all'inizio non si spiegava, ha capito che quel ragazzo le interessa. Talvolta gli dice qualcosa ma ha deciso che non saranno mai parole di circostanza. Vuole che lui si ricordi di lei. Non si sente abbastanza attraente per credere che lo farà per i suoi occhi o per le sue labbra.

Lui intanto si allena. Sotto la tesa dell'ombrello Aya ascolta la musica, legge libri presi in prestito in biblioteca, ripassa le parole della pioggia. Si prepara al momento in cui Toru le chiederà che lavoro fa e lei forse, dopo qualche menzogna, sarà sincera.

Nel linguaggio della pioggia non esistono parole ma solo direzioni, orientamenti, déjà-vu sotterranei, il sentore di stagioni che appena arrivano già passano oltre, precipitandosi verso altri fiori, nuovi semi, diversi volumi.

Tutte le donne-ombrello devono conoscerne il cifrario, saper recitare un repertorio quanto piú ampio di parole. Alcune di noi hanno piú memoria, altre meno, ma tutte ricordiamo il momento in cui il direttore dell'agenzia, alla fine dell'addestramento, ci ha consegnato una copia del *Dizionario delle parole della pioggia*.

Se non sapete cosa dire, dite questo. Citatene una per rompere il ghiaccio. Spiegate 凍雨 *«tōu», «la pioggia gelida d'inverno», per rispondere a una domanda a cui non volete rispondere. Raccontate* 通り雨 *«tōri-ame», «la pioggia che passa velocemente», se vi siete stancate del silenzio. Raccontate «la pioggia che cade sui fiumi», per incantare i clienti. Sceglietene una a caso per cambiare discorso.*

Noi abbiamo annuito, ci siamo sforzate di memorizzarne una manciata. Abbiamo ringraziato. Alcune di noi hanno faticato. *Sono sempre stata negata con i «kanji» a scuola*. Altre sono state entusiaste. *Ero la prima della classe, mia madre mi regalava un bastoncino dolce quando riportavo a casa le prove*. Adoriamo disegnare. Detestiamo la calligrafia. Tutte quelle parole ci hanno sopraffatto. Abbiamo una memoria corta, lunghissima, media, troppo astratta.

Da che ricordiamo, però, è Aya che seleziona per noi le piú belle, una a settimana. Le siamo grate per questo. La passione con cui ce le racconta ci aiuta a tenere a mente ciò che, altrimenti, scivolerebbe via.

La sua copia del *Dizionario delle parole della pioggia* ormai è consumata, le pagine lise dentro e sul bordo, l'illustrazione in copertina è stinta. Con la matita Aya aggiunge anche definizioni private che poi cancella se ritrova nell'elenco. Alcune però rimangono scritte perché sono registrate solo nella sua testa.

C'è la pioggia a pelo di gatto, quella che pesa come un sasso, la pioggia come aghi di ghiaccio. La pioggia che porta via il senso di ciò che è appena accaduto, però, è solo sua.

– La vita che non abbiamo vissuto non cessa di tormentarmi. Non ho ancora smesso di chiedermi che piega avrebbe preso se non l'avessero interrotta…

Aya legge a voce alta, cerca di entrare nell'emozione di una donna russa del secolo scorso di cui non sa pressoché niente ma di cui ha trovato per caso in biblioteca un unico libro: per centinaia di pagine, la donna parla quasi unicamente di suo marito e di quanto fosse eccezionale. Legge e le pare che in certi amori si possa sparire, cosa che accade alle donne piú che agli uomini. A pensarci, se ne dispiace. Resta per ore a sfogliare e sottolineare libri in cui non pretende che debba accadere per forza qualcosa. Neppure dalla sua vita Aya esige avventura. *È l'intensità che mi interessa.*

Beve un sorso di quella bevanda dolciastra che ha comprato al distributore in fondo a Nozoki-zaka. Alza gli occhi ed ecco che Toru, appena salutato con uno sguardo in cima alla salita, ha ripreso a scendere di corsa. Aya gli guarda le spalle gonfie di muscoli, pensa che abbiano la forma dei polmoni e che i polmoni appaiano come ali a riposo, ripiegate e avvolte in fasci di stringhe. Aya immagina di tirare il cordoncino che tiene quel corpo al suo posto e di vederlo svolgersi in aria oppure cadere rovinosamente a terra, a pezzi, perdendo braccia, organi interni, e che le parti di Toru prendano rapidamente velocità mentre sdrucciolano da Nozoki-zaka.

降り癖 *furi-guse*
Pioggia abitudinaria, tendenza alla pioggia

È, letteralmente, «l'abitudine alla caduta», da 降る *furu* «scendere, precipitare», e 癖 *kuse* ovvero «abitudine» ma anche un «vizio», qualcosa che si ripete inconsapevolmente, per debolezza o perché nei suoi confronti si è sviluppata una forma di dipendenza. Si riferisce al fenomeno primaverile per cui piove frequentemente, come se l'acqua avesse preso l'abitudine di cadere ripetutamente, senza vergogna di riproporsi ancora e ancora.

Come giri di carillon carichiamo le parole di significati. Le chiavi a molla raggiungono il massimo della sopportazione, eppure noi continuiamo a ruotarle nella speranza che possano ospitarne degli altri.

Tieniti addosso anche questo sentimento, per favore. Spiega al mondo quest'altra cosa che ho dentro, le preghiamo. *Fai spazio per questo, tieni dentro anche quest'altro.* Supplichiamo le parole di dire cose che non sappiamo definire. Ne forziamo l'ordine, il numero, il genere, ignoriamo la grammatica basilare, coniughiamo i verbi al dritto e al rovescio, in modo assurdo, e tutto purché il linguaggio ci tolga da questo insopportabile impaccio. *Se solo sapessimo spiegarci gli uni con gli altri, se solo sapessimo decifrarci…* sospiriamo nella confusione.

La nostra fiducia nel linguaggio nasce forse dal fatto che ci rassicura il pensiero che vi sia una soluzione al conflitto: vogliamo credere che le guerre e le tristezze nascano perché non sappiamo insegnarci a parole gli uni con gli altri.

Talvolta, persino, ce lo diciamo ad alta voce: se non credessimo nell'incantesimo del vocabolario, non potremmo essere donne-ombrello. Non si tratta di confidare soltanto nelle parole della pioggia, ma nelle parole in generale. Serve credere che possano cambiare, proprio come le nostre vite.

Ci ritroviamo insieme ogni mercoledí in agenzia, dopo la conclusione del turno. È diventato un rito, come parte della procedura di carico e scarico di una barca che affronti un corso d'acqua da riva a riva, da mattina a sera. Incontriamo persone di cui impariamo subito i volti ma il cui carattere ci resta ignoto. A fine giornata discutiamo tra noi di quel poco che abbiamo capito. Forse, ci diciamo, è il nostro modo di liberarci da un qualcosa di cui non sappiamo quantificare l'entità e il peso.

Sakura alza la mano.

– Ho accompagnato un tizio che ha parlato per tutto il tempo di crocchette: crocchette di patate, di crema di granchio, crocchette dalla panatura sottile o molto spessa, crocchette di carne, crocchette vegetariane. Non sono riuscita a trasformare in altro la conversazione. L'ho accompagnato fino al supermercato del suo quartiere e poi, sulla via di casa, sono passata nel negozietto di *bentō*.

– E hai ordinato crocchette…

– Proprio cosí: per cena ho ordinato crocchette!

Ridiamo. Il suono della nostra risata è come uno scroscio d'acqua.

– Io, invece, ho incontrato la donna con la gabbia, – fa Sara dal fondo. Ci voltiamo a guardarla.

È capitato quasi a ognuna di noi di sollevare quella cosa che, alla stazione di Asagaya, i venerdí sera che piove, la stessa donna – claudicante, sulla cinquantina, con addosso un sentimento di nervosa allegria – ci consegna tra mille tentennamenti. Sotto il panno che copre l'intelaiatura, palpitano due uccellini che temono l'acqua.

Non li abbiamo mai visti ma, se il rumore in strada non è troppo forte, li sentiamo zampettare. Talvolta avvertiamo il movimento d'ali sbattute, i piccoli artigli sulla griglia di fondo, il becco che si affila sull'osso di seppia; eppure il peso è impercettibile, impossibile dire se siano su un lato o un altro del trespolo.

La donna non parla, zoppica vistosamente, ed è per questo che non se la sente di sostenere la gabbia.

Alice, che è nuova, strizza gli occhi. – Ma perché deve uscire se piove?

– Li porta dal veterinario ogni venerdí sera e, insieme, ha la sensazione di concedere loro una passeggiata, – interviene Aya che, come nessun'altra, domanda. A lei i clienti raccontano sempre la propria storia. – Ognuno ne possiede soltanto una, ma poi la dice un poco diversa per tutto il resto della propria vita. Magari aggiunge dettagli o la cambia qui e là, ma in fondo è sempre la stessa.

– I canarini vanno a passeggio? – domanda Sae stupita.

– Alcuni lo fanno anche con i gatti. Vicino a casa mia, a Kamakura, in un vicolo in cui transitano raramente persone, un uomo tiene un gatto legato a un lungo guinzaglio e quell'animaletto attraversa la strada a suo rischio e pericolo. E se qualcuno passasse di corsa in bicicletta? mi domando atterrita. Ma il padrone pare non farci caso e da anni il gatto si trascina dietro il lungo cordoncino sconfinando indisturbato oltre il giardino, – interviene Maria.

Spalanchiamo gli occhi nello sforzo di vedere la scena con la stessa chiarezza con cui lei la racconta.

– Il caso della nostra cliente è diverso, – ci interrompe Aya.

Scarta un lecca-lecca con quell'attitudine infantile che la distanzia da noi, se lo infila in bocca. Restiamo in attesa.

– Lei lo fa perché vuole che gli uccellini familiarizzino con gli odori e con il rumore della città, – dice. – Spera di riabituarli piano piano alla libertà.

Aya tiene un quaderno su cui annota i clienti: età, altezza, tratti somatici, vestiario, brevemente i discorsi. Appunti rapidi, senza sentimenti, volutamente disadorni. Li rilegge alla fine della settimana, alla ricerca di qualcosa che non sa spiegarsi.

– Li conservo finché non mi sarò chiarita le idee.

Spera di trovare qualcuno, proprio come fanno tutti coloro che hanno lasciato in disordine il proprio passato e cercano indizi per orientarsi. Noi la guardiamo con benevolenza, pietà, severità, tenerezza. La maggior parte di noi la guarda con invidia. Ci pare che trovi senso in qualcosa che a noi invece sfugge. Questo lavoro assurdo la appaga.

È probabilmente il motivo per cui sentiamo il bisogno di averla vicina.

Le accarezziamo la testa, le prendiamo la mano. Le passiamo lo smalto sulle unghie e le chiediamo di raccontarci qualcosa, come bambine prima della buonanotte. Il suo desiderio irrefrenabile di capire la gente dentro la pioggia ci inquieta, ci affascina, ci dice che Aya è diversa.

– E tu Aya? Chi hai incontrato ieri?

Aspettiamo la sua storia perché amiamo come la racconta, incerte se sia la verità o se lei si prenda la licenza di arricchire la vita. In fondo, non ci interessa. Siamo consapevoli che di qualunque storia ci viene detta sempre la parte piú cauta e giudiziosa; Aya, invece, sa restituirle la giusta imprudenza. È avventata la vita.

– A Kichijōji, un uomo sulla settantina… – inizia. – L'ho aspettato alla stazione dei treni, all'uscita ovest. Io ho detto «sono nata in un giorno di pioggia», e lui ha risposto «mia moglie invece è morta in un giorno di pioggia».

Sakura, che si impressiona come un sismografo alla piú piccola vibrazione, si porta le mani alla bocca.

– Pare che la macchina su cui viaggiava la donna abbia slittato sull'asfalto bagnato e sia andata a sbattere contro una palazzina. Ha sfondato lo spazio che ospitava una farmacia. Era lí, sul luogo dell'incidente, che voleva che lo accompagnassi. Non era per la pioggia che gli serviva una donna-ombrello, piuttosto non se la sentiva di andare da solo.

Un po' inquietante, commenta qualcuna. *Poverino*, corregge un'altra.

– Di tanto in tanto ci torna ma dice che i mazzi di fiori posati ai lati della strada gli fanno tristezza. «Preferisco inviarli direttamente alla farmacista», ha detto. «Ma la farmacista è al corrente del fatto che è lei che glieli manda?» gli ho chiesto, ma lui ha risposto di no.

Rimaniamo a immaginare una donna senza volto accogliere tra le braccia immensi bouquet profumati, completamente all'oscuro del mittente e del motivo per cui li riceve. Per un momento, ci emozioniamo all'idea di come la soluzione al mistero di tre cose che non c'entrano nulla tra loro – fiori in una serra o in un campo, un vedovo che abita a Tōkyō, una farmacista ignara – la possediamo noi che, a nostra volta, non c'entriamo nulla con loro.

– E poi? Cosa hai fatto dopo il lavoro?

Glielo domandiamo con apprensione. Ultimamente c'è solo un posto in cui lei vuole andare e oscilliamo tra la gelosia di vederla sparire appena concluso il turno e il timore che lui possa farle del male.

– E poi sono andata da Toru.

鬼雨 *ki-u*
Pioggia di demoni, pioggia demoniaca

È la pioggia degli *oni*, è uno scroscio demoniaco nel senso di qualcosa di inusuale, straordinario ed estremamente intenso. Da 鬼 «demone, oni, creatura soprannaturale» e 雨 «pioggia».

Tōkyō evapora dal basso. L'umidità si fa soffocante tanto che, in certe giornate di giugno e poi luglio e agosto e inizio settembre, Aya ha la netta sensazione di veder nuotare le persone. Con forti bracciate attraversano le strade asciutte, si lanciano dal trampolino degli autobus sollevando una miriade di gocce, si tuffano con precisione negli ingressi della metropolitana e percorrono a stile libero le vie gonfie di alghe e stelle marine; i corpi sono circondati da pesciolini che guizzano tra strisce pedonali, insegne di negozi, giardini che crescono nel rigoglio dell'estate.

– Si galleggia in aria quando piove.

Tōkyō, come Aya, non ha piena consapevolezza della sua seduzione. Chiude l'ombrello e si rifugia in un caffè di Kōenji dove la gente deve tacere, altrimenti il gestore la invita con garbo e fermezza a spostarsi altrove: – Sono spiacente ma qui non si parla, si pensa solamente –. Ovunque, una vegetazione che sgorga dai vasi e acquari che illuminano a notte le pareti. Dai cassetti dei tavolini escono piccoli oggetti, paesaggi in plexiglass di immense distese di prati, fari e mari, quadernini in cui l'umanità lascia un segno e dipinge teschi, in una cornice di fiori confessa episodi luttuosi, traccia i propri sogni nella convinzione che in fondo non interessino agli altri.

Nel caffè del silenzio, Aya aspetta il ragazzo con la bocca piena che, anche ieri mattina, ha corso su e giú per la salita misurando l'attrito della terra.

– Mi sto preparando per l'incontro piú importante della mia carriera, – le ha detto. – Prima di allora devo affrontare tutti i possibili avversari, devo fare esperienza di tutti i tappeti, di tutti i possibili corpi.

– Che lavoro fai? – domanda benché la risposta già la sappia.

Toru ha esitato.

– Sono un pugile, – ha detto. E subito ha aggiunto: – Lavoro in un ristorante di rāmen.

Il proprietario del locale è un ex pugile caduto in disgrazia e a guardare Toru gli torna in mente la carriera di quando era giovane e sperava ancora che ce l'avrebbe fatta. Gli dà da mangiare: sa che con ciò che guadagna il ragazzo copre giusto l'affitto, qualche spesa.

Toru vive in una stanzetta di pochi metri quadrati a Takadanobaba. Non ha nemmeno il gas in casa. Mangia al ristorante di rāmen, si lava nella doccia della palestra. Gli permettono di infilare nella lavatrice, insieme agli asciugamani, i suoi indumenti personali e con quelli ci campa una settimana. Il resto della vita, che è infinito e sempre sotto gli occhi di tutti in una città come Tōkyō, non gli interessa.

Dei genitori non parla, ma una volta, molto piú avanti, dirà ad Aya della madre che si è risposata quando lui aveva tredici anni e che non poteva prendersi cura del figlio, e del padre che, quando Toru ne aveva diciassette, è partito verso il nord per lavoro e non ha fatto ritorno. Non è una storia particolarmente originale, ci terrà a dire, «come me ci sono migliaia di ragazzini lasciati a se stessi in questo paese». Il piú delle volte, allenati alla solitudine, riescono a non farsi scoprire.

Toru e Aya parlano in cima alla salita e, quando la gente sparisce, si mettono vicini e lasciano cadere una biglia di gomma, una pallina vuota, un'arancia guasta.

Lei si aspetterebbe che anche lui le chiedesse – E tu? Che lavoro fai, Aya? – ma nessuna domanda arriva e, forse per imbarazzo, per sfiducia o perché teme d'essere fraintesa, ne è sollevata.

Toru tira fuori qualcosa dalla tasca. – Domani sera c'è il primo incontro di boxe della stagione. Ho un biglietto.

– Vengo volentieri. Dipenderà dalla pioggia.

Il giorno seguente diluvia.

Mentre spalanca l'ombrello e procede verso l'appuntamento con il cliente, Aya immagina cosa accada nel cervello di Toru durante lo scontro di pugilato, i micro-momenti di riflessività in cui si accorge di cosa sta facendo. Quanto tutto, sul ring, sia stretto e rapidissimo, proprio come per lei sotto l'ombrello.

Mezz'ora piú tardi Aya s'inchina davanti a un professore universitario che ha prenotato il servizio perché vuole capire in cosa consista il mestiere che ha scelto. Dalla stazione di Waseda si dirigono alla velocità dettata da Aya fino a quella di Edogawa-bashi.

Cosa significa essere una donna-ombrello? Perché lo fa? Non lo trova denigratorio? Come è iniziato tutto? Come immagina il suo futuro?

– Sono nata in un giorno di pioggia, – lei esordisce, saltellando tra le domande dell'uomo come schivando pozzanghere lerce. – Proteggo le persone dall'acqua. Facciamo insieme una passeggiata e, se abbiamo fortuna, del nostro dialogo e di ciò che vediamo, resta qualcosa.

Il professore la interrompe continuamente: – Sí, ma in pratica? Non capisco cosa intende –. E Aya, sentendogli ripetere a piú riprese quella frase, sa già che l'uomo non capirà niente.

– Vede, durante quasi tutto il primo anno che sono arrivata a Tōkyō, sono rimasta perlopiú chiusa in camera. Uscivo solo con la pioggia e la mascherina pigiata sulla faccia. Tōkyō mi pareva infinita, mi faceva paura trovare volti diversi ogni volta che uscivo di casa, mai lo stesso, neppure una volta. E se anche c'era la stessa faccia, io la trovavo nuova. Era come un percorso la cui segnaletica veniva costantemente cambiata. Vengo da un paese di pochi abitanti, dove ci si conosce tutti. Non ritrovare nulla di familiare per le strade mi spaventava.

– E poi?

Aya è dispiaciuta per l'uomo che d'un tratto vede bambino mentre tira incessantemente la giacca del padre, per chiedergli tutto, godersi pochissimo, e insistere ancora sul senso. Immagina sua madre o suo nonno, un adulto che lo rintuzzava di *E poi? Hai finito? Praticamente? Che significa questo?*

– Poi mi è passata. Non so dirle però se è stato perché ho iniziato ad abituarmi a Tōkyō, alla sensazione di un organismo che muta senza sosta o se mi sono semplicemente stancata di stare sdraiata sul letto ad aspettare qualcosa. So solo che a un certo punto sono uscita di casa ed ero pronta a vedere quello che ho visto, ovvero l'annuncio dell'azienda per cui lavoro adesso.

L'uomo corruga la fronte.

Nel commiato, quando da rito Aya solleva in alto l'ombrello come a bucare il cielo, il professore annuncia che affitterà presto un'altra donna-ombrello.

– È un fenomeno interessante ma devo studiarlo per bene. Voglio raccogliere quante piú testimonianze possibili.

– Ha ragione, siamo tutte diverse.

Aya si piega in un lungo inchino. È stanca, a occhi chiusi attende che l'uomo sparisca dentro l'ingresso sotterraneo della metropolitana. Mai come quando l'altro non si abbandona, quel mestiere la affatica.

Il giorno seguente a Kōenji, nel caffè del silenzio, Aya lo aspetta. Sono le sei del pomeriggio e

dopo un'ora Toru attraversa finalmente la porta. Con lo sguardo la cerca. Ha il volto gonfio, un versamento abbondante di sangue nell'occhio sinistro, il labbro spezzato, un sopracciglio lacerato, forse per via dello stesso colpo che gli ha reso la sclera scura come il bulbo d'un tulipano.

Aya si porta le mani al viso, perché quello di Toru non può toccarlo. Anziché invitarlo a sedersi, si alza in piedi di scatto. Si precipita verso la cassa.

Escono in strada come un fiotto di sangue. *Cosa è successo, perché sei uscito di casa, guarda come sei ridotto.*

A vederli accanto, la sproporzione è evidente. Lui è il triplo nella stazza ma nell'espressione pare smarrito. Lei è esile, invece, ma dentro ha piú fondamenta.

Stasera Aya ha appuntamento con un vecchio cliente a Shibuya. Non lo specifica a Toru, dice soltanto: – Devo essere lí tra mezz'ora. Se mi aspetti da qualche parte, appena mi libero ti raggiungo.

Da Kōenji saltano di corsa sulla Linea Chūo fino a Shinjuku e da lí cambiano treno. Nonostante la folla, si spingono a forza tra i corpi di decine di estranei, si infilano tra braccia, gambe, volti anonimi e bagagli che paiono tutti spezzati, slegati, isolati gli uni dagli altri. Aya e Toru si tengono vicini, il convoglio respira con duecento bocche diverse ma nessuno dice nulla. In quell'intimità esasperata che oscilla insieme ai binari, neppure Aya e Toru aprono le labbra. Qualcuno, notando il viso pestato di Toru, storce la faccia, fa per allontanarsi ma in quel magma tutti sono insetti rappresi in una stessa goccia di resina.

Aya lo osserva angosciata.

A ogni fermata, dopo il nome della stazione e l'indicazione dell'apertura delle porte a destra o a sinistra, una voce non registrata aggiunge rapida: – Avviso ai viaggiatori. Nella giornata di oggi è stato dimenticato a bordo un numero elevato di ombrelli. Vi preghiamo di prestare attenzione ai vostri effetti personali quando scendete dal convoglio –. Quello di Aya è voluminoso ma lei lo tiene sui piedi, pigiato contro il ventre. Quando escono dalla stazione attraversano velocemente i tornelli ma solo perché dietro di loro una fiumana di gente ha fretta di superarli.

– Ho perso, – dice finalmente Toru.

Shibuya è il solito caos. Turisti corrono sulle strisce per farsi un selfie con il rosso in agguato, ragazzine dalle unghie decorate e gonne brevissime fanno *gyāgyā*, un topo attraversa in sei balzi una stradina di lato.

– Prima o poi perdono tutti, – mormora Aya.

Seppure distratti, i passanti indugiano sul volto di Toru, sul viso gonfio, l'occhio nero, il sangue rappreso dove, senza pensarci, si è sfregato.

– Io però non vinco mai. A che servo?

Aya alza lo sguardo su Toru e, ancora piú in alto, vede l'aria colmarsi fino all'orlo. Cerca un nome da darle ma è distratta dall'eccesso di alternative. Spalanca invece l'ombrello e lo solleva per coprirlo.

– Nel mondo serve anche chi perde.

桜雨 *sakura-ame* o 桜流し *sakura-nagashi*
Pioggia di sakura o sakura che scorrono via

È la pioggia che cade sui fiori di ciliegio e la vista delle gocce d'acqua che piombano sui fiori e poi si disperdono con essa. Un ombrello di plastica, per quanto anonimo, è perfetto per godersi l'esperienza. Certi petali esitano nella caduta, altri si raggrumano facendosi forza, altri ancora precipitano con determinazione e sono subito a terra.

Trascorriamo la vita a definire l'indefinibile, cerchiamo un nome proprio per l'amore, un cognome in cui accovacciarci e nidificare. Tentiamo le parole giuste per dire cosa significa «esistere», per abitare un luogo e costruire accanto al verbo «andare» la coniugazione precisa del verbo «tornare».

E il linguaggio? La gentilezza? Cosa significa *davvero* donare? E prendere in prestito qualcosa? Ci incaponiamo sulla «felicità», intestardendoci a crederla completa, capace di dimorare in un luogo soltanto quando invece non ha né peso né gambe e, a mano a mano che cerchiamo un possessivo per tenerla vicino, lei perde la strada.

Eppure, il vecchio fondatore dell'agenzia chiamò «amore» il tempo condiviso con la ragazzina sotto l'ombrello. Forse si accorse che, piú ancora delle parole, sono le piccole storie che ci sono accadute a esser capaci di definire un sentimento come quello.

Toru è un uomo che non si lascia facilmente rassicurare, vive con diffidenza i fallimenti.

– Non sono sicuro di poter imparare. Anche a cadere, non imparo niente.

Solo dopo un mese che lo frequenta, che ha immaginato il sapore della sua bocca e il rumore che fa il suo respiro quando sogna, Aya si accorge di amarlo per lo stesso motivo per cui ama la pioggia.

Aya ama tutto ciò che precipita a terra.

– Ci sono molti modi di cadere, – dice. – Si cade in piedi, si cade di testa, si cade dal tetto, si cade ammalati... si cade come un accento su una parola.

Toru alza lo sguardo mentre lei continua a ritmare con le dita la lista.

– Si cade bene, si cade male, si cade dalle nuvole. Ma si cade anche in amore, nel colore, facendosi male. Nella nostra lingua è cosí che ci si innamora, Toru: si cade.

Aya sorride e pensa sia bellissimo che l'amore sia una caduta, un nuovo equilibrio da trovare, come la tristezza dopo la gioia o viceversa.

– Ma io non imparo niente, – ripete Toru. – Cado, ma non imparo niente.

Lo dice col tono di chi sta mettendo un punto di sutura alla conversazione. Aya non replica, sa che non bisogna toccare ciò che fa male, la ferita si potrebbe riaprire.

– Quando hai iniziato a boxare?

– A dodici anni. Mia madre ha insistito perché mio padre mi mandasse nella palestra di un suo amico. Volevano che imparassi a tirare pugni, giusto le basi per difendermi dalle aggressioni dei ragazzini piú grandi.

– Ti picchiavano?

– No, ero uno che sapeva starsene per i fatti propri. Ma fino ai quindici anni ero piccolo di statura, mingherlino, sempre zitto.

– Ti attirava almeno l'idea di combattere su un ring?

– No, affatto. Fino ad allora gli sport li ritenevo tutti, indistintamente, una perdita di tempo. Tirare pugni, però, mi è parsa una questione privata, una faccenda tra me e me stesso.

Aya lo ascolta mentre Toru le dilata dinnanzi il momento in cui sale sul ring la prima volta, ha quindici anni e, tanto per cominciare, si trova proiettato in uno spazio impensabile in cui la fuga coincide con l'attacco.

– Se vuoi scendere puoi farlo, ma solo dopo che hai vinto o che sei stato sconfitto.

Ed è allora che, dice, si trova a precipitare con il suo avversario in una condizione impossibile, perché devono picchiarsi con rispetto, distruggersi anche, ma senza mai volersi del male.

Aya lo ascolta e pensa che non è molto diverso dal paradosso di due sconosciuti che si incontrano sotto il cerchio di un ombrello, due esseri umani che, nell'intimità di un raggio di pochi decimetri, si raccontano chi sono.

Alza gli occhi sopra Tōkyō e pensa a Yōko Ono che da bambina, durante la guerra, guardava il cielo per salvarsi la vita. Era l'unica cosa che valesse la pena di guardare in un mondo fatto di fame e di miseria.

濡色 *nure-iro*
Colore di quanto è bagnato

A differenza del «color foglie bagnate» (le sfumature azzurrognole del bambú) e del piú diffuso «color piume bagnate di corvo», racconta ciò che accade a un qualunque colore quando l'acqua o la pioggia lo bagnano, quando la rugiada gli si posa sopra o la neve gli si scioglie dentro. È precisamente quell'aggiunta, quella patina che rende lucida ogni cosa e aumenta l'intensità del tono di partenza, qualunque esso sia, come se sopra vi fosse stata puntata addosso una luce inedita.

La partitura della pioggia oggi è un *allegro andante*. Domani – prevede il meteo – sarà *fortissimo* nel pomeriggio e *pianissimo* di notte. Talvolta ci pare di guardare in aria e immaginare lo spartito su cui si impigliano come note le gocce, e allora è tutto un suono *legato*, quasi che da un acquazzone a un altro non fosse mai passato neppure un secondo, oppure, di colpo, *staccato*, lasciandoci sbalordire del prima e del dopo.

Il cielo di Tōkyō è un pentagramma. Il groviglio di fili elettrici fa sembrare poco curata la sua capigliatura, piena di nodi impossibili da districare. Ma sia che su quei cavi si poggino passerotti o grassi corvi, fiocchi di neve oppure acqua, in sottofondo suona costante una melodia.

La sera in cui Toru ha detto ad Aya che perde, e in cui lei gli ha risposto con garbo che la sconfitta non è mai un'eccezione, che trova anzi curioso che la gente si sorprenda d'essere lei a cadere, sono rimasti separati per molte ore.

Aya ha schiuso il suo ombrello ed è andata incontro al cliente, un giovane *hosto* impiegato in un club notturno vicino all'ingresso di Hyakkendana. Lo ha accompagnato dall'incrocio con Dogen-zaka fino al Parco di Komaba, dove abita la madre cui fa visita ogni giovedí sera.

– Ignora che mestiere io faccia, – sorride il ragazzo e con questa frase giustifica il fatto che, a mano a mano che camminano per Shibuya, fino a sconfinare nell'area di Meguro, lui esca dal cerchio dell'ombrello per bagnarsi e togliersi la gelatina dai capelli. Strofina via il fondotinta e il contouring che gli disegnava una faccia diversa, sfila anelli, collane e orecchini e li ficca in borsa.

– Nel mio lavoro è un po' come essere a teatro solo che, anziché sul palco, siamo su dei divanetti in un locale semibuio, – racconta. – Dobbiamo avere un aspetto impeccabile, certo, ma il grosso sta nel lusingare chi abbiamo davanti, riempire di complimenti le donne che vengono nel nostro locale per essere celebrate.

– Vi immagino tutti bellissimi.

– La questione estetica è secondaria, è piú di stile che si tratta.

– E di cosa parlate con quelle donne?

– Non sono mai conversazioni veramente distese. Il dialogo è concentrato su ciò che per loro è interessante.

– Vi stressa? – domanda Aya cauta. – Parlare di poco…

– Forse sí, è come cercare di non andare mai a fondo di nulla, – ammette il ragazzo.

Stanno zitti mentre la pioggia fa giravolte. Improvvise sferzate del vento rendono impossibile ripararsi per bene.

Poi lui riprende, come se gli fosse tornata su un'idea capace di sistemare il discorso precedente: – Eppure, di tutta quella finzione, ammetto che mi piace l'idea di fare l'impossibile per cercare il meglio di un'altra persona. Alla fine, chiunque ha qualche punto di bellezza.

Poco prima di arrivare alla meta, l'*hosto* chiede ad Aya: – Puoi aspettarmi un momento?

Corre con goffi saltelli verso il bagno del parco, cercando di schivare le pozzanghere; quando fa ritorno, Aya non lo riconosce. Non ha piú indosso la giacca di pelle con le borchie, la camicia scollata e i pantaloni attillati; si è lavato la faccia, ha una maglietta bianca e un paio di jeans. Sotto la luce scomposta del lampione, dello *yankī* dallo stile aggressivo Aya non trova piú niente.

– Tua madre, invece, sa che fai la donna-ombrello? – le chiede il ragazzo e lei, che stasera non sa alterare le cose, risponde:

– No, e non vorrei che lo sapesse.

– Perché?

– Mi disprezzerebbe, non capirebbe. Ma io a mia madre non ho mai avuto cuore di dire niente.

In casa, non facevano altro che dirle che sbagliava. Sarebbe crudele farle notare che la sua opinione mi offende.

– E che lavoro pensa che faccia sua figlia?

– Non lo sa, sua figlia è andata via di casa appena ha finito la scuola superiore.

Il ragazzo non replica nulla. Sente d'aver ricevuto qualcosa di piú voluminoso di ciò che si aspettava.

– E tu?

Anche Aya cambia registro. A guardare quel viso struccato si è accorta che lei e il ragazzo sono nati suppergiú nello stesso anno.

– Pensi che glielo dirai mai, a tua madre, che fai l'*hosto*?

Il parco di Komaba è ruzzolato nel buio da ore e i lampioni gettano una luce modesta tra le fronde. La pioggia si è fermata ma l'acqua, sgocciolando da ogni foglia, riproduce una pioggia in ritardo, piú lenta.

– Non credo, no, – risponde lui pensieroso, – neppure quando guadagnerò abbastanza da trovarmi un lavoro piú onesto. Farebbe fatica a non pensare al fatto che in passato ho manipolato delle donne per tornaconto.

Aya fa ruotare l'ombrello e l'acqua si irradia come la giravolta di una gonna.

– Anche se è la regola del gioco?

Lui annuisce. – Anche se è la regola del gioco.

Tornando verso Shibuya in taxi, Aya ripercorre le parole del giovane *hosto* e ripensa alle proprie.

Non credeva che quella sera si sarebbe trovata a parlare di sua madre.

È possibile che neppure quando le cose sono finite le si possa raccontare a qualcuno senza rischiare di fargli del male? si domanda. *Possibile che esista un modo di ferire che funziona al di là del momento in cui quel qualcosa accade?*

A Tōkyō, lontano dalle stazioni, tutto precipita nel silenzio e nella tranquillità, ma il buio si riduce a una strettissima finestra di poche ore. In mancanza del sole, si fa valida ogni soluzione. I neon scalpitano per uscire dalle insegne e si tuffano a colorare le pozzanghere.

Aya prega il tassista di fermarsi piú vicino possibile all'ingresso della JR di Shibuya, quello vicino alla statua di Moyai.

La pioggia ha ripreso a cadere. Il colore di quanto è bagnato è il preferito di Aya. Lei non si lascia ingannare da ciò che è asciutto. Sa che deve ancora maturare. – Si cresce solo piangendo, – le diceva sua madre, – guarda le piante!

Allora le pareva una banale frase di consolazione. Ma da piccola Aya era una bambina che piangeva sempre, per una puntura d'insetto, per il dispiacere di un treno in ritardo, per le dita rimaste appiccicose dopo un gelato o alla vista del volto di uno sconosciuto; se il padre si allarmava terribilmente, sua madre, che aveva capito della figlia l'inclinazione a trasformare in acqua le scoperte, non diceva nient'altro che quella frase, quando la piccola la tirava per le lunghe. «Solo quando un po' ci si inzuppa, si cresce» e la lasciava stare finché Aya non si sentiva pronta a parlare.

– Toru? – domanda tre ore piú tardi al ragazzo che le siede accanto. Sono allungati sulle scale della palazzina in cui lei abita ma lui, per pudore, non sale. – Ci avevi mai pensato che c'è un tempo interiore, un tempo separato da tutti gli altri tempi che si possono in qualche maniera sperimentare?

Toru tace. Non capisce cosa intende e preferisce che Aya si prenda lo spazio per spiegare.

– Sai, una sorta di tempo *continuato*, sempre agganciato al presente, dedicato alle *emozioni* che fanno male e che restano lí *ferme*, anche quando si riferiscono a fatti accaduti durante l'*infanzia* oppure persino ad avvenimenti che non si sono mai verificati realmente... sai quelli che si *immaginano* semplicemente.

Posa la voce su certe parole, ne trascura altre.

La strada nel frattempo si è asciugata. L'ombrello azzurro resta serrato sul fianco di Aya, con le sue nuvole bianche dipinte all'interno; a guardare quella composizione dal lato opposto della strada, l'ombrello forma una linea tra lei e Toru, come il corrimano di una strada che scende.

– Emozioni ferme? – domanda il ragazzo. L'abbinamento dei termini gli pare smisurato, come certi pensieri che gli guizzano in campo quando sente che, nella frazione di un secondo, sarà centrato dall'avversario, e non sarà in grado di parare il colpo.

– Sí, ferme, inchiodate sempre accanto. Non riesci mai a percepirle lontane: anche se sono accadute anni fa pare ogni volta che ti stiano accadendo in questo momento.

– Come una delusione?

– Esatto, – si anima Aya, – come una delusione, un lutto, la nostalgia di qualcosa o qualcuno.

Toru non replica nulla. Si gira a guardare Aya che si volta a guardare una stella che non cade ma neppure sta ferma. È la stella polare che pulsa.

Ed è cosí che nessuno sguardo si incontra.

てるてる坊主 *teru-teru bōzu*

てるてる坊主 てる坊主
Teru Teru Bōzu, Teru Bōzu,

明日天気にしておくれ
fai che domani sia bel tempo.

もしも晴れたら 金の鈴あげよ
Se farà bel tempo, ti darò una campanella d'oro!

てるてる坊主 てる坊主
Teru Teru Bōzu, Teru Bōzu,

明日天気にしておくれ
fai che domani sia bel tempo.

もしも曇って泣いてたら
Se invece sarà nuvoloso e piangerai,

そなたの首をチョンと切るぞ
allora ti taglierò la testa!

Questa notte, Toru si è alzato dalla scalinata della palazzina in cui abita Aya e ha fatto un piccolo inchino in direzione della ragazza. Ancora non sa bene cosa prova ma sa che qualunque cosa si infili nella propria vita deve essere compatibile con la sua meta. Si domanda se Aya possa c'entrare col ring, con la disciplina che si estende assai oltre il recinto della palestra, e tocca la dieta, divora il sonno, ingoia il sesso e condiziona persino film e letture che, secondo Toru, non sono beni di intrattenimento ma mezzi per irrobustirgli l'anima. La mente, soggetta alla forza di gravità non meno di un aquilone, se non la tieni su con varie stampelle crolla.

Gli piace quella ragazza che ama la pioggia, che gira con un ombrello nuovo ogni volta, come se ne possedesse una collezione infinita. Sa che mente, ma sente che certe persone hanno bisogno delle bugie per camminare spedite, come una bambina con le rotelline di supporto attaccate, pure se in bicicletta sa già andare.

È pronto a salutarla, sono le undici di sera, entro mezzanotte deve essere a letto con gli occhi chiusi, nella posizione migliore per la muscolatura. Ma lei lo guarda e, un attimo prima di abbassare il capo in un inchino e voltarsi verso Nozokizaka, Toru la fissa.

– Hai un amuleto? – domanda.

– Per la vittoria?

Non replica nulla ma inclina il capo, indeciso.

– Ho un amuleto per non far cadere la pioggia. Se immagini di essere pioggia, forse…

– Proviamo, – mormora Toru.

Lei sorride e gli indica la strada.

Fin dal primo incontro, Toru pare sapere quale spazio occuperà una persona nella sua esistenza. Per questo, nonostante i modi cordiali, non si sofferma troppo se non crede che la conoscenza porterà a qualcosa. Lo ha imparato da ragazzino, quando affrontava interminabili colloqui nell'ufficio scolastico, raccomandazioni dai vicini di casa che lo interrogavano su dove fossero finiti i suoi genitori; eppure, dopo tutto quel parlare, non c'era nessuno che si offrisse di aiutarlo concretamente, nessuno che gli dicesse *dài prendi le tue cose e vieni da noi a mangiare*, *stanotte puoi dormire sul divano*, *ti aiuto io con la spesa*, *hai fame?* La speranza costava troppa fatica e lui aveva imparato a tenerla a bada.

Quando Aya ha incontrato Toru in cima a Nozoki-zaka, ha riconosciuto un'ansia mista a tenerezza. Ascoltava in cuffia *In Fantasia* di Kishi Bashi e la musica le ha inzuppato la testa.

Quando Toru ha incontrato Aya, ciò che ha visto è stata un'immagine fuori fuoco, come una di quelle fotografie scattate con un braccio fuori dal finestrino e l'auto in corsa.

Ieri sera, in palestra, ha visto allenarsi un nuovo ragazzo. Lo ha osservato possedere, pur senza controllo, ciò che a lui è sempre mancato. Lo ha scrutato a lungo, con la schiena poggiata al muro, le braccia incrociate sul petto, e ha pensato che il proprio tempo era finito.

È il momento, piuttosto, di interrogare la propria passione, si dice, districarla dall'ostinazione, mettere ogni sentimento sul banco degli imputati, pure a costo di condannarne a morte qualcuno.

Toru si è fatto forza negli anni ripetendosi che non sarà forse uno di quelli dotati ma, a differenza loro, possiede disciplina e impegno. *Se studierò*

il triplo, pareggerò il talento, sarò in grado prima o poi di superarlo.

Rinunciare è cosí complicato. Pare vanificare il passato, zittire per sempre un intero bosco, dire *vai via* a chi si è stati per piú di un ventennio. Toru si sente codardo, come chi non è in grado di lasciar andare l'adolescenza, la giovinezza, la famiglia d'origine per costruirsene una nuova di zecca, l'amicizia quando essa matura e si trasforma. È la vigliaccheria di chi non avanza per non perdere nulla.

Aya fa accomodare Toru in casa, gli porge un paio di pantofole sottili ma lui resta scalzo. Si siede sul letto mentre guarda con stupore la stanza. Ovunque *teru-teru bōzu*; ce ne sono file appese all'asta delle tende, al lampadario a stecco, mucchi su spaghi che attraversano lo spazio come corde per il bucato. Tutti hanno il capo rivolto a terra, nella direzione contraria alla norma.

– Ma sono fissati al contrario, – constata con meraviglia, scorrendo le bamboline di varie grandezze e fantasie.

– Sí, servono a chiamare la pioggia, – risponde tranquilla Aya. – Li colleziono da quando sono bambina.

Come altri raccolgono rane o civette di pietra, pupazzetti Disney di plastica, ninnoli di vetro o cartapesta, lei raduna fantasmini che richiamano all'ordine l'acqua.

– A pensarci, potrebbe sembrare piuttosto scontato, considerando che la mia famiglia si occupa da sempre della fabbricazione di ombrelli, – mormora mentre apre un cassetto e prende dell'ovatta, un quadrato di stoffa bianca, un nastrino di cotone ricavato dai lacci di un paio di scarpe infantili.

– Non mi interessa essere originale, – dice Aya e nel dichiararlo sente di avere ragione. Trova che l'originalità sia una faccenda sopravvalutata; l'ossessione che tiene ferma l'imbastitura della propria vita le pare di gran lunga piú preziosa.

Sotto gli occhi di Toru, Aya sceglie un pennarello dal portamatite sulla scrivania e disegna due punti sul volto della bambolina. Poi aggiunge al *teru-teru bōzu* l'inchiostro di una mezzaluna, un sorriso, e nel mezzo un piccolo naso che il cotone assorbe quasi immediatamente.

– Eccolo, – dice porgendoglielo. – È la cosa piú vicina a un amuleto per qualcuno che voglia allontanare l'eventualità di una caduta.

びしょびしょ *bisho bisho*
Fradicio di pioggia

Lo stato di chi è fradicio, spesso pieno di pioggia fino all'orlo. È l'onomatopea che spiega la condizione di chi è zuppo dopo che gli è piovuto addosso.

Questa sera Aya ha appuntamento davanti a Pigment, un laboratorio di colori nella zona di Shinagawa.

È curiosa del luogo perché ne ha sentito parlare e vuole arrivare in anticipo per visitarlo. Attraversa le sale e capisce allora quanti nomi può avere uno stesso colore. Si domanda per un momento se esista il «color pioggia», e nell'inventarlo (雨色 *ame-iro*) pensa che sí, probabilmente è solo una questione di chiamarlo nel mondo un numero sufficiente di volte. Come incantata, Aya ripete sovrappensiero «color pioggia», fino idealmente a riempire i palmi di trecento bambine e un piccolo pozzo di campagna.

Guarda l'orologio e torna all'ingresso con l'ombrello spalancato.

All'orario fissato, esce una donna anziché un uomo.

– Sono nata in un giorno di pioggia, – esordisce.

La donna la guarda negli occhi, pare aspettare il prosieguo.

– Mi chiamo Aya, sono una donna-ombrello e, per la prossima mezz'ora, la accompagnerò fino alla stazione di Shimbamba, – conclude inchinando la testa.

– Piacere Aya, mi chiamo Mio e lavoro in questo laboratorio. Sono felice di passeggiare insieme a lei fino al treno.

Poi alza gli occhi verso la calotta dell'ombrello e sorride: – Lo ha scelto per me?

Aya annuisce e per qualche minuto le due donne osservano le gocce che liberano lungo la stoffa scie cangianti di colore.

La donna le dice che tiene corsi sulla storia dei pigmenti e che è consulente cromatica per privati e aziende. Le racconta anche della sua percezione potenziata del colore (*Ne vedo piú della media*) e della sua bambina che potrebbe averla ereditata (*Chissà se sarò in grado di gestirla. Per mia madre fu un trauma...*). Aya replica che ama la pioggia proprio perché il mondo diventa un'altra cosa piena di luce.

– Quando piove Tōkyō è ancora piú bella.

Attraversano la prima manciata di strade, si accorgono di camminare naturalmente alla stessa velocità.

– Io non ho ricevuto doni di sorta alla nascita, – dice Aya, – ma ho paura di aver ereditato da mia madre una malattia bizzarra per cui, quando una donna ama troppo, sparisce a se stessa.

– In che senso?

– Mi ha detto di essere stata affetta in gioventú da questa patologia. Quando amava e non era amata, se si guardava allo specchio spariva. Il processo iniziava dalle dita: se si metteva una mano davanti alla faccia, distingueva chiaramente i lineamenti oltre il dorso. E se quel sentimento d'amore non corrisposto persisteva, sparivano anche il naso, la bocca...

– Ma è letteratura!

– Sí, pare una malattia letteraria. Ma era vera. Ancora oggi, a guardala accanto a mio padre mi pare che lei sbiadisca.

– Però poi la sua sensazione è sparita, vero?

– Vero, ma non è una buona ragione per credere che essa non sia mai esistita.

Le due donne si sorridono. Aya spera che la cliente prenoterà nuovamente una passeggiata. Vorrebbe tanto chiederle cosa conti nella sua vita.

«Cosa ti lega al mondo, Mio?»

È certa che la sua risposta sarebbe bellissima.

走り雨 *hashiri-ame*
Pioggia che corre, pioggia che passa via velocemente

Composto da 走り, declinazione del verbo «correre, passare velocemente», e 雨 «pioggia». È una pioggia che inizia e finisce rapidamente, senza preavviso, indipendentemente dalla sua intensità. Come un acquazzone estivo o una precipitazione improvvisa che dura pochi minuti e poi cessa. È un fenomeno passeggero che basa il proprio senso sulla sorpresa, sia nell'inizio che nella conclusione.

Tōkyō ha inghiottito Toru. Pare affogato nella visuale precipitata di Nozoki-zaka; Aya non ha piú sue notizie da quell'ultima sera quando lo ha accompagnato fin sulla cima e lo ha salutato (*Buonanotte!* gli ha detto agitando il palmo in modo infantile), e lo ha guardato sparire a poco a poco mentre scendeva, come dissolvendosi a partire dai piedi, poi le ginocchia, e a salire svaniva anche il bacino, la schiena, la nuca. L'orizzonte lo ha tagliato in almeno dieci diapositive che Aya conserva nella memoria.

Dopo i primi tre giorni di assenza ha smesso di appollaiarsi in cima a Nozoki-zaka. Aspettare Toru, credere di poterlo veder comparire da un momento all'altro, la sfianca. Ha mandarini marci che potrebbe far rotolare lungo la discesa ma preferisce gettarli nella spazzatura.

Oggi Aya ascolta il cliente che accompagna sotto l'ombrello parlare del rapporto con la moglie, della piega che ha preso la loro unione col tempo, e comincia a immaginare la propria vita matrimoniale. Non sa perché ma, lí dove un *marito* dovrebbe prendere posto, Aya vede Toru.

Il viale è congestionato e la ragazza rimodula il percorso. L'uomo, indifferente alla strada, alla pioggia e in fondo ad Aya stessa, confessa che vorrebbe separarsi ma: – Mi manca il coraggio di deludere i figli, è un'età delicata...

Mentre camminano lungo il viale di Omotesandō sotto una calotta di tela marrone orlata di fantasie in stile teatro Kabuki, e il cliente con gli occhiali dalla montatura quadrata le dice che è un medico, che sua moglie è infermiera nello stesso ospedale in cui lavora, e intanto che le parla della passione, dell'amicizia, della nascita dei figli, e della strana sensazione che ha iniziato a provare («Il tempo si è portato via l'uomo che ero e la donna che era mia moglie»), Aya ha un'epifania.

D'improvviso comprende come ogni persona di cui si sia innamorata in passato abbia preso in carico il concetto stesso d'Amore, proprio come ogni nemico ha occupato dentro di lei la casella del Nemico e ogni defunto ha significato l'idea complessiva del Lutto. Trova singolare e anche un po' deprimente che, pure a fronte di maestosi concetti e clamorose dichiarazioni, le persone siano in fondo quasi tutte interscambiabili. È solo quanto si affida di sé a qualcuno, le memorie che ne scaturiscono, a farci credere che quel qualcuno sia insostituibile.

Dopo aver salutato il cliente davanti al ristorante di pesce che avevano fissato come destinazione, Aya controlla sul cellulare il percorso per arrivare a Tachikawa; si accerta che l'ombrello che ha con sé possa andar bene anche per il secondo cliente e riparte.

La città intanto si muove. Altre donne-ombrello, nello stesso istante, tagliuzzano in piccoli segmenti la superficie di Tōkyō. Pare non accadere niente, eppure accadono tantissime cose. Per lo piú si tratta di quel mucchio di vita che a nessuno verrebbe in mente di trascrivere in quanto non possiede una trama né è attraversata da qualcosa di grande; eppure si muove, si ripete, avanza anche di poco e poi si interrompe. L'esistenza, in generale, è in realtà quasi sempre priva di trama.

Il secondo cliente della sera è un trentenne che dalla stazione di Tachikawa si dirige verso il fiume Tamagawa. Le racconta di un lavoro che detesta, del risentimento feroce («e ingiustificato», ammette,) per i colleghi, ma di una meravigliosa pausa pranzo che spacca in due la giornata come un frutto.

– Amo il cibo di un chiosco che dà sul campetto dove mi porto sempre dietro il pallone da calcio. Quando finisco di mangiare, arriva puntuale un bambino e iniziamo a giocare finché non devo tornare in ufficio.

– Un bambino?

– Sí, uno di quelli che non vanno a scuola: dice che quando si sveglia è già troppo tardi per far partire la giornata, – le spiega il cliente.

Aya annuisce senza davvero capire.

– Sa, ci sono migliaia di bambini cosí nel nostro paese. Non riescono a frequentare le lezioni e vanno in istituti speciali dove li reintegrano lentamente, facendoli riabituare agli orari, ai piccoli impegni quotidiani.

Il passo dell'uomo è veloce e Aya nota che ha il brutto vizio di bloccarsi di botto quando cerca di spiegare un concetto, quasi che tutto il corpo fosse impegnato nello sforzo. Si trovano allora faccia a faccia e Aya deve sollevare d'impeto l'ombrello cosí che lui non vada a urtarci contro.

– Quindi il suo piccolo amico anziché a scuola va al parco...

– Già.

– ... e lí trova lei, lei che pare odiare tutto della propria vita tranne la pausa pranzo, – riassume Aya sorridendo.

– Esatto, esatto! – afferma lui allegro.

– È un bambino importante.

– Importantissimo, – annuisce l'uomo. – Sto riflettendo se lasciare il mio lavoro. Anziché occuparmi ancora di trading e aziende, inizio a pensare che preferirei dedicarmi al reinserimento a scuola di bambini come lui. Ho comprato un paio di libri, dei manuali per ottenere le certificazioni necessarie a insegnare in quegli istituti, vediamo.

Aya lo asseconda nel passo. Il cliente si è fermato di nuovo, riflette. Lei gli rimane accanto, proteggendolo sotto l'ombrello. L'uomo è probabilmente in quella fase in cui si ripete una cosa per renderla vera, in cui si coglie ogni occasione, ogni conversazione pure casuale per ribadirsi la concretezza di un'idea. Pare una formula magica pronunciata finché non si avvera.

Quando lo saluta, Aya immagina Toru da bambino picchiare i pugni sul cuscino perché a scuola non si trovava bene, o perché gli rivolgevano domande invadenti su sua madre e suo padre; lo vede assemblarsi da solo la colazione e lavare via da vecchi vestiti lisi le macchie, disciplinarsi ad andare a scuola perché a casa non c'era nessuno che lo svegliasse e lo spronasse a far bene.

Essere stati infelici nell'infanzia, pensa, altera la vita adulta.

Accade anche per i sei giorni successivi: Aya ripercorre le possibili vite di Toru sulla pelle di sedici diversi clienti. Il giovane pugile è ovunque, anche se lui non si fa vedere, e anche se lei non lo va a cercare. Lo insegue però nelle storie della gente quando a Tōkyō piove, e lo rintraccia soprattutto nei libri, perché nulla la fa pensare, nulla le fa capire la vita come la letteratura. Le esistenze degli altri, in cui pure non si ritrova uguale, fanno recuperare ad Aya il ricordo delle proprie vicende.

Cosí ci dice al settimo giorno dalla scomparsa di Toru.

Aggiunge che si sente seguita, non sa se da qualcuno o qualcosa. Sembra agitata. A fine turno, nel magazzino dell'agenzia dove stiamo accampate per raccontarci la settimana, ci confessa che prova un po' paura, sospetto o forse un terzo sentimento che allontana.

– Aya, qual è *veramente* la tua storia? – domanda Kate. Lei è straniera: a differenza nostra, non è imbrigliata nella lingua.

私雨 *watakushi-ame*
Pioggia privata

È un tipo di pioggia locale e circoscritta, spesso paragonata a un acquazzone improvviso (*niwaka-ame*) o a una pioggia a rovesci (*murasame*). Quando cade durante periodi di siccità, è talmente benefica da essere chiamata anche *soto-mochi-ame* (外持雨), che implica una pioggia che «mantiene in vita» o «salva» una specifica area. Secondo alcuni, questo fenomeno si presenta come un muro di pioggia che blocca la vista in lontananza, mentre l'area circostante è inondata di sole. Questa parete d'acqua non si allontana né si avvicina, rimanendo in una posizione fissa.

La prima volta che Aya ha visto Tōkyō ha pensato: che città piena! E quando è entrata sotto l'ombrello con uno sconosciuto, si è detta: per innamorarsi è perfetta!

Di colpo si sono inabissate le voci, i sapori dell'infanzia, le lezioni apprese anche a fatica. Tutto ciò che sapeva della distanza, di quella da mantenere e da porre tra sé e le cose, e tra le cose stesse, è caduto.

Luglio volge alla fine, è l'ultimo mercoledí del mese, e Aya pensa che a Shibuya anche l'odore della pioggia si corrompa perché – per quanto appaia piú forte di tutto – essa assume l'odore di ciò che tocca. Rimbalzando di cosa in cosa, il profumo originario non può in alcuna maniera ignorare quanto attraversa nella sua caduta.

– Cosa ti lega al mondo? – Aya domanda a chi incontra per la terza o quarta volta. Che frase stramba, abbiamo pensato all'inizio, ma lei suona talmente convinta che non ci passa per la mente di schernirla. Ognuna di noi ha la sua risposta: mia mamma, la paura, il gelato alla crema, lo studio della lingua italiana, mio figlio, mia figlia, una malattia che non voglio che l'abbia vinta, Okinawa (*Un giorno tornerò e saprò cacciare gli usurpatori dalla mia terra*).

Oggi, però, ad Aya tutto è estraneo, dall'uomo che ha ora di fianco, fino al vestiario che, disattenta, ha indossato questa mattina. Si impone di non guardare in volto l'uomo che ha la guancia squarciata da un taglio e un occhio semichiuso, come se la fronte e il sopracciglio gli fossero precipitati addosso; le sta parlando della casa d'infanzia che di recente ha svuotato.

– In casa ho trovato orologi fermi da chissà quanto. Cose di quando ero neonato, tutti i disegni che avevo fatto da piccolo. Li disegnavo per farne dono a mia madre. Ora che lei non c'è piú mi domando che senso abbiano.

– Li ha buttati? – chiede Aya. Fa attenzione alle parole, non le lascia libere di marciare.

– E come posso? Non sono io il destinatario.

I piedi si preparano ad attraversare l'incrocio piú affollato di Tōkyō, e Aya sorveglia mentalmente la tenuta dell'ombrello, la possibilità che venga urtato da chi procede nella direzione opposta. Il semaforo scatta, lei anticipa il cliente di un istante e inizia a camminare in diagonale verso Bunkamura.

– Ma lei è l'erede, suppongo... – riprende.

– Sono l'erede ma non il destinatario. Mia madre avrebbe dovuto disfarsene quando era ancora in tempo. È un fardello immenso gettare via i regali di qualcun altro.

– Anche se quel qualcun altro siamo noi?

– Noi nel passato... – precisa lui, con una punta di risentimento. – Completi sconosciuti, pertanto.

Dopo pochi minuti arrivano alla destinazione concordata: un caffè che vende pane francese nella piazzola antistante a Orchard Road.

Il respiro di Aya è affannato e una nausea feroce le chiude lo stomaco. L'ansia di non guardare quel viso deturpato l'ha stremata. Perché l'occhio è attirato sempre dal divieto?

– La ringrazio e le auguro una buona continuazione di giornata, – dice con garbo. Poi s'inabissa in un inchino profondo per dargli il tempo di prender congedo. Chiude anche gli occhi, per disciplinare un'ultima volta lo sguardo. Eppure, quando li riapre, si accorge che i piedi dell'uomo, inspiegabilmente, sono rimasti dov'erano.

– Almeno quando mi saluta, abbia la cortesia di guardarmi in volto, – dice il cliente con sprezzo.

Aya sussulta per l'imperativo ma fa come le viene ordinato.

– Non mi guardi negli occhi, guardi piuttosto la ferita! Questa è la mia faccia! Le fa paura?

A fine turno, ci incontriamo e facciamo il censimento degli ombrelli.

Li dividiamo per colore, materiale, fattura, robustezza e tenuta contro i vari tipi di pioggia. Le fantasie seguono la stagione come i tessuti dei *kimono* o la carta da lettere. Gli ombrelli non sono mai neutrali, suggeriscono un'attitudine; si sostituiscono al cielo, possono cambiare l'umore.

Aya controlla le stecche e il filo di ferro affinché si flettano correttamente: ci ha insegnato a risistemarli quando maldestre li ripieghiamo sbagliando.

Per contratto, se ci capita di trovare modelli speciali durante i nostri viaggi, possiamo comprarli e chiedere un rimborso all'agenzia. Due volte l'anno Aya, tra noi la piú esperta, va in missione e ne acquista di nuovi. Poi torna e ce li spiega nel dettaglio.

Stasera Kate ha portato la birra, Asako ha preparato una torta al cacao e mandorle, Miho una pietanza straniera di cui nessuna di noi riuscirà a memorizzare la ricetta. È perché Miho ha una madre che viene dall'Europa e che da bambina le parlava di popoli che leggevano sui muri la propria storia. – A Tōkyō, invece, sui muri resta solo lo sterco di rondine quando è primavera, adesivi di ragazzini senza le idee chiare su cosa vogliano dalla vita, – replica Sara. Mariko alza la testa dal cucito e afferma: – E qualche sporadica scritta, la vernice grattata via dal vento, vernice e basta.

Aya oggi è silenziosa. Non capiamo se è per via della paura d'essere seguita, del cliente che stamattina l'ha turbata, o per via del fatto che da giorni ormai di Toru non ha notizie. La città l'ha inghiottito, l'acqua l'ha sommerso. Chissà che fine ha fatto.

Ho sentito che i pugili devono mantenere un peso specifico per la loro categoria e seguono regimi alimentari strettissimi, diciamo per giustificarlo e *La vita sociale è spesso limitata per concentrarsi sugli allenamenti e sul riposo*. Lo facciamo perché non si dia la colpa. Qualcuna aggiunge con tatto: – È tutto un lavoro di muscoli e nervi. Puntano sulla perseveranza e sullo sforzo incessante di superarsi. Forse hanno poco spazio per i sentimenti.

Aya annuisce al buonsenso, ma lo sguardo è triste. Ha aspettato Toru in cima a Nozoki-zaka per giorni ma lui non si è palesato né in salita né in discesa.

– Forse, – mormora adesso, – l'ho solo incontrato nel momento sbagliato della sua vita.

Ripercorrendolo come uno di quegli indizi che si sceglie consapevolmente di ignorare, Aya ricorda, quel primo giorno, d'essersi domandata se lo avesse incontrato in un punto avanzato della sua storia privata. Il tempo procede diversamente in un corpo – si arrochisce la voce, l'utero di una donna a quarant'anni volge verso la fine, benché il cuore sia ancora giovane (a conferma di come alcune parti invecchino prima di altre) – e Aya pensa che anche ogni persona, e di quella persona i vari aspetti della sua vita, abbia un'età propria, una singolare andatura nella consapevolezza lavorativa, nella vita amorosa, nella persuasione d'essere fatti in una certa maniera.

– Io amo tutto quello che cade, – mormora con dispiacere. – Toru è già grande, eppure non ha ancora imparato a cadere.

Aya spalanca un ombrello laccato di rosso con disegni di onde in rilievo e ce lo mostra lodandone la fattura e riferendoci il prezzo clamoroso. È senza dubbio il piú costoso che abbiamo mai avuto. Ce lo passiamo di mano in mano mentre Aya ce ne consegna un altro. *È un modello cosí semplice da dimenticarlo già mentre lo si sta guardando, si scioglie in ogni paesaggio.*

Mariko pulisce le briciole dei *senbei* che sgranocchiamo, Karen tira su con il naso. Solo Mion guarda fuori dalla finestra isolandosi da tutto, sua madre è morta da tre settimane. Ha bisogno di compagnia, ma in realtà è sempre sola con la sua sofferenza.

Aya si alza, sfila da un armadietto un ombrello pieno di stelle. Sulla stoffa interna è disegnata la costellazione della Lira, dell'Aquila e una confusa Via Lattea.

– È fosforescente, – accenna, impicciandosi sulla parola. Poi sfila dal manico una piccola torcia: – Controllate sempre che la batteria sia carica e, prima di un incontro serale, puntatela da vicino sulla stoffa. All'arrivo del cliente sarà brillantissima.

Ci avviciniamo per ammirarne la fattura e vedere le costellazioni. *Ecco Vega! Questo invece è Altair! È un ombrello perfetto per Tanabata! Ma dove lo hai trovato, Aya?*

Rimaniamo a chiacchierare per un'ora.

Parliamo dei nostri clienti, dell'uomo che a Higashi-Nakano voleva recapitare un gigantesco orso di peluche per il figlio ma l'attesa davanti alla piazzola dei taxi era infinita e allora ha affittato una passeggiata fino a casa perché tenessimo il pupazzo (lui solo) asciutto sotto il nostro ombrello; della casalinga che ci ha confessato «Avevo semplicemente voglia di farlo, ho trovato il vostro biglietto nel portafogli di mio marito e mi sono detta, perché lui sí e io no?»; e poi del bambino con la cartella gialla che, forse attirato dal nostro immenso ombrello a forma di mela (in cima svettano un picciolo e una foglia), ci ha indicate per strada ed è corso verso di noi sfuggendo alla presa della nonna.

Parliamo delle zone di Tōkyō che abbiamo attraversato. *Ginza era piena di turisti stranieri, mi hanno fotografato senza permesso e con insistenza*; *Non avevo mai percorso la zona lungo le rotaie da Shinjuku a Mejiro, mi ha stupito notare quanto cambi il paesaggio! Il mio cliente voleva passeggiare nel Parco di Yoyogi. Voleva ascoltare il rumore della pioggia, ma da solo non se la sentiva. Temeva la malinconia*.

Prima di congedarci, Aya si appresta a mostrarci l'ultimo acquisto. Agita forte un modello trasparente tanto ridotto in lunghezza da poter appartenere unicamente a un bambino, e che lei ribalta in un colpo. Lo osserviamo rapite: l'ombrello sembra avere qualcosa all'interno. Non capiamo finché lei non lo agita forte e ride mentre nel magazzino cala una pioggia di stelline brillanti e colorate.

In prima persona

Mio padre mi raccontava che, quando la mamma era incinta, passeggiavano insieme ogni mattina lungo il fiume Ujigawa e che lei allungava la mano sulla corteccia dell'arbusto piú imponente cercando lí dentro la forza.

La mia è stata una madre a lungo disapprovata per aver scelto in ritardo la gioia; era tornata sui suoi passi, aveva lasciato a metà una prima famiglia e con mio padre ne aveva creata una diversa. Quello non le ha permesso di pretendere il giusto dalla vita. Si sentiva in credito con l'uomo che l'aveva sposata. Non ho mai saputo come fosse iniziata la loro storia.

Ricordo di mia madre invece, la sera, il gesto replicato all'infinito di girare la collana, gli anelli che avvitava come hula-hoop alle dita. Si sporgeva alla finestra, guardava il cielo e lo immaginava declinato a tra un'ora, domani mattina, la prossima settimana. Poi, si affrettava ad annunciare con voce allegra: – Pioverà, vedrai che pioverà, – affacciandosi al laboratorio di ombrelli dove papà lavorava. – Pioverà! Vedi che piove stasera!

Mio padre affiancava il nonno nell'azienda di ombrelli di famiglia, ereditata da sei generazioni di artigiani. La pioggia per noi è sempre stata una fonte di sussistenza e il periodo dell'anno piú redditizio coincideva con giugno e l'inizio di luglio.

I monsoni dell'India e dei paesi subtropicali mi sono sempre parsi una faccenda meravigliosa; da bambina sognavo di pascolare quei venti come un gregge di pecorelle, con un cane e un bastone dall'estremità ricurva, e di dirigerli verso casa nostra.

In direzione opposta al senso comune, ci auguravamo temporali scroscianti, improvvisi rovesci, acquazzoni prolungati e poi rovente il sole di agosto, i raggi violenti quanto bastava da far sentire il bisogno di ripararsi.

Mio nonno diceva che un ombrello di buona fattura dura una vita e ti protegge dall'acqua, dal sole, dal vento e persino dagli sguardi delle persone.

Si parlava talmente tanto del tempo in casa nostra, lo si prevedeva come si predice su un palmo la linea della vita. I nodi del vento, la sfilacciatura delle nubi, il colore e l'odore dell'aria, tutto del cielo assumeva i contorni di una corografia.

Mio padre e mio nonno facevano scorta di stecche e di stoffe, curando la robustezza dell'intelaiatura da opporre alle scariche di vento di certi periodi, ed esaminando quella piú esile dei «wagasa», concepiti allo scopo di accompagnare al santuario gli sposi. Attenti alle tendenze del momento e all'andamento degli acquisti, badavano anche al colore dei tessuti, alla consistenza della falda, alle fantasie che ispiravano via via sentimenti di allegria, leggerezza e che, secondo mia mamma, sapevano opporsi come un antidoto alla malinconia che in molte persone originava la pioggia. Un telo sgargiante sdrammatizzava la cappa grigia del cielo, contrastava l'umore cattivo, il disagio di bagnarsi l'orlo del vestito. Era bravissima a intuire gli abbinamenti, l'accordo delle tinte e delle stoffe, il bordo sfrangiato o di pizzo per certe clienti particolarmente esigenti. Amava inserire di nascosto qualche fantasia speciale, un «kanji» benaugurante, il musetto di un gatto, l'arcata di un palazzo.

Avevo una passione per i manici degli ombrelli. Al nonno piaceva inventare per me le fogge piú strane. Grazie all'abilità delle sue vecchie dita e alla mia immaginazione infantile, nacque il «manico a bastoncino di zucchero», per Natale, quello «a forma di serpente», quando, in terza elementare, visitai un rettilario e mi appassionai ai boa costrittori, ai pitoni, alle vipere e agli innocui biacchi. O ancora «a bocca di lupo cattivo», un manico che si stringeva a proprio rischio e pericolo (se mai ci si fosse azzardati a indossare una mantella rossa e ad avventurarsi nel bosco); oppure quello «a rubinetto», che si apriva e lasciava uscire l'acqua incuneata dalla sommità dell'ombrello. Prima di realizzarli, il nonno costruiva modellini di formato ridotto per mostrarmi il progetto, e che poi rimanevano a uso e consumo delle mie bambole.

Il manico preferito fu però quello che fece a immagine e somiglianza della propria mano: ne ricalcò l'estensione, la posa semichiusa del pugno che stringeva la mia. Quando sono andata via da casa, quel piccolo ombrello è la prima cosa che ho messo in valigia.

A Tōkyō capita spesso che senta la nostalgia di mio nonno e di quel tempo scomparso, e allora tiro fuori l'ombrello, spalanco la calotta al cui interno lui ha dipinto il volto abbozzato dei miei genitori, mi concentro sull'impugnatura che riproduce la sua stretta, ci infilo la mano diventata ormai grande quanto la sua e resto cosí, con l'ombrello spalancato in una stanza chiusa, la lampada a terra, che proietta la mia ombra sul volto dei miei.

Ma poi a diciott'anni, senza neppure capirne il motivo, sono passata da amare tutto della mia vita a detestarla. Mi venne voglia di distruggere tutto. Crescere è spaventoso, mi dissi. Ma piú spaventoso ancora è cercare di non crescere affatto. Eppure, piú tentavo di contrastare quel sentimento, piú esso aveva la meglio. Il fastidio si trasformava in odio ed ebbi davvero paura di esser capace di bruciare tutto.

Non accadde nulla fino all'ultimo giorno di scuola. Credo d'aver progettato la fuga per mesi, a mia stessa insaputa. Vivevo con insofferenza la presenza dei miei in casa, le loro domande, il rumore che facevano a tavola, i loro corpi che si muovevano negli stessi spazi.

Ho aspettato quel giorno, ho rubato i soldi dal portafogli di mia madre. Sono andata in stazione e sono partita con uno zaino e un piccolo trolley.

È cosí che sono venuta a Tōkyō. Era un giorno di pioggia.

Ho trascorso le prime settimane nel timore d'esser trovata. Tenevo un cappuccio calato sulla testa, cercavo di non farmi notare, mi truccavo in maniera diversa. Eppure la gente era talmente tanta, era ovunque, pareva esondare da ogni casa, straripava da ogni fessura.

Credo di non aver contattato i miei familiari solo per paura d'esser sgridata o, peggio, d'esser persuasa a tornare a casa. Provavo un fortissimo senso di colpa, incapace com'ero di spiegare l'incoerenza di amarli e insieme di volerli tenere distanti.

Ho sempre temuto e sperato che sotto il mio ombrello entrasse qualcuno del mio passato remoto, qualcuno che mi stesse cercando.

Per riparare al danno, avrei dovuto innanzitutto spiegarne il motivo e, cosí facendo, confessare l'odio senza rimedio che avevo sviluppato verso di loro.

Ma come ammettere una cosa simile?

La verità non vale tanto.

– È ricchissimo questo temporale.

Ricordiamo di aver sentito dire ad Aya questa frase, la sera in cui ci ha raccontato la sua storia.

Poco prima ci era parsa affranta, come se pronunciare il passato avesse il potere di ricondurla indietro. Ma d'un tratto le gocce hanno cominciato a ticchettare sulla finestra, e poi sempre piú forte, finché il cielo non ha inscenato un maestoso acquazzone.

– A tu per tu con la pioggia, io torno me stessa, – ha sussurrato. Sorrideva.

喜雨 *ki-u*
Pioggia felice, pioggia lieta, gioia della pioggia

È la pioggia che cade dopo un lungo periodo di siccità, considerata salvifica specialmente dagli agricoltori in quanto rivitalizza la vegetazione e le colture appassite. Accolta con gioia, dà sollievo alle piante e agli animali. Rientra in quella allegrezza che ha dato vita a usanze chiamate in vari modi come 雨遊び *ama-asobi* «giochi sotto la pioggia, riposo della pioggia» e 雨祝い *ama-iwai* «celebrazione della pioggia, Capodanno della pioggia». È allora che le persone sospendono il lavoro dei campi e si riuniscono per celebrarla.

Tōkyō è popolata da milioni di solitudini. Goccia a goccia, chiunque entra ed esce da una minuscola storia.

Aya vede il cuoco del ristorante di *udon* alla fine della strada infilarsi in un vicolo buio, appoggiare la suola al muro e, vestito di bianco e con il copricapo lindo, accendersi una sigaretta e fumarsi via tutta la stanchezza di una serata. Uno come lui probabilmente non userebbe mai i soldi per una cosa frivola come camminare con una donna sotto la pioggia. Si prenderebbe piuttosto l'acqua in testa o aspetterebbe pazientemente sotto una tettoia finché non spiova.

A fine luglio il caldo si fa assoluto ma anche la bellezza, e forse anche la gioia di vivere, chi può saperlo? Manca un giorno e sarà agosto. La stagione delle piogge è finita da un pezzo ma a breve arriveranno dall'oceano le raffiche improvvise, le trombe d'aria, i tifoni.

Proprio uno è in avvicinamento in queste ore, sale dal sud-est del paese.

Aya guarda in alto, immagina di tirare un filo e di sbrogliare le nuvole. È in quel momento che inizia a cadere una pioggia sottile. Le gocce sul nero del suo vestito paiono granelli di polvere. Ma la precipitazione è talmente breve che la ragazza la crede frutto della propria immaginazione.

Aya esce di casa. Ieri notte ha piovuto a dirotto, eppure oggi c'è il sole. Stasera probabilmente non lavorerà. In uno squarcio d'asfalto si allarga una pozzanghera immensa, e sopra vi transitano nuvole che vanno di fretta. I bambini a turno vi saltano dentro senza galosce. Le madri sono lontane. Aya si affaccia su una pozza e le pare che contenga non solo le chiome disordinate degli alberi sulla via, ma il cielo tutto. La strada, interamente.

Quando è stata l'ultima volta che ci sono entrata? si domanda pensando al cinema di quartiere che è stato demolito. Al suo posto è sorto un grande negozio di elettronica che sputa luce a ogni ora e dietro, per ironia della sorte, c'è una casa piena di spazzatura. Gli oggetti premono in massa sui vetri delle finestre e anche il giardino, circondato da cespugli e arbusti disordinati, ha montagnole di attrezzi arrugginiti e sacchi di plastica gonfi di ciarpame.

Quando Aya pensa al passato, e in particolare a coloro che sono incapaci di lasciarlo andare, lo visualizza cosí, come l'abitazione di qualcuno affetto da un disturbo da accumulo. E chi, invece, il passato è pronto ad abbandonarlo in un cassonetto?

Sulla ferrovia, ai lati dei binari, come braccioli di una poltrona vittoriana stanno cespugli d'ortensie.

Un uomo la guarda, ricicla lo sguardo che sbatte sul cuoco del ristorante cinese che striglia la vetrata, sulle montagnole di sale ai lati dell'ingresso di un ristorante di sushi piú avanti.

I giorni di vacanza di Aya sfumano a questa maniera, camminando con indolenza da un lato all'altro di un quartiere di Tōkyō. Si fissa sulla gente, cerca di tornare con la memoria a eventi del passato, omaggia il ricordo di certe persone che ha amato, di avvenimenti su cui non ha piú potere. Ripercorrere il tempo trascorso è una maratona, serve allenamento e tenacia. E Aya ne percepisce la fatica, ma anche la capacità straordinaria che ha di cambiare il tempo che è ora.

È cosí che, mentre taglia di corsa Ikebukuro, d'improvviso si accorge che il momento è arrivato.

Dopo due anni di completo silenzio, come se tutto, ogni azione, ogni giorno precedente a questo, avessero premuto al fine di concepire questo risultato, Aya compra una scheda telefonica nel *konbini* piú vicino, entra in una cabina e, intanto che guarda la gente affluire e defluire dalla stazione, compone il numero di casa.

Ha un momento di esitazione quando sente il timbro della madre, ma presto, con urgenza nella voce e senza neppure darle il tempo di capire, le dice che sta bene, che le vuole bene, le chiede scusa mille volte e poi ricomincia a dirle che le vuole bene, che sta bene, che le chiede perdono per quel silenzio di anni. *Non sapevo come fare.*

La madre aspetta, ascolta, poi piange sommessamente mentre Aya aggiunge, sempre correndo sulle parole, che è felice del suo lavoro, che forse è bizzarro, che si rende conto che da fuori potrebbe sembrare equivoco, ma che non lo è: l'apparenza non spiega niente. E che soprattutto, a fronte di tutte le previsioni di infelicità, lei invece è felice. La madre l'ascolta, il marito è in casa ma lei non informa nessuno, si tiene la figlia per sé e la lascia parlare, come facendo sfogare una febbre.

– Sai, mamma, una volta ho accompagnato una bambina a casa. Stavo alla stazione ad aspettare un cliente ma ho visto quella bambina agitatissima senza l'ombrello e ho pensato che si sarebbe ammalata. Non sono riuscita a dare il giusto preavviso al cliente ma ho comunque cancellato l'ingaggio. Il direttore dell'agenzia però non si è per nulla arrabbiato. Si è solo scusato con il cliente e lo ha rimborsato. Capisci? C'è un'etica superiore in questo lavoro.

Di nuovo le dice che sta bene, ancora le ripete che le vuole bene, daccapo le chiede scusa mille volte.

Solo alla fine, quando è chiaro che il tempo si sta esaurendo, la madre le dice che sono belle le storie che le ha raccontato, tutte quelle persone cosí diverse, paiono gocce di un acquazzone.

– Dovresti raccoglierle, – ripete tre volte (e infilando dentro ognuna delle tre volte lunghe pause), – perché quelle che mi hai raccontato sono belle.

– Queste storie non sono mie, non potrei mai scriverle. A voce, invece, sento di poterle raccontare.

Si salutano con una promessa. Aya giura di chiamarla il giovedí seguente, le chiede di riferire al padre ciò che potrebbe accettare e di omettere il resto. Riagganciano mentre il tramonto dilaga per le strade e illumina la punta dei grattacieli di Shinjuku all'orizzonte.

Nel momento in cui appende il ricevitore e spinge la porta pieghevole della cabina, Aya ha la sensazione di aver cercato quel senso di familiarità in altre persone, ma solo perché non poteva attingere direttamente alla fonte. È cosí che accade? È cosí che si finisce ad affogare in amori sbagliati, in relazioni spezzate che faticano ad andare in profondità? E tutto questo garbuglio insensato nasce solo perché si stava cercando di replicare l'irreplicabile? Ovvero quell'amore originario che non dobbiamo far nulla per meritarci perché ci viene addosso con tale misericordiosa abbondanza che lo riteniamo addirittura superfluo?

Aya passa al supermercato, compra quanto le serve per la ricetta dei muffin che, poco prima di congedarsi, la madre le ha voluto insegnare (le ha sempre voluto insegnare qualcosa, sua madre), rincasa. Nozoki-zaka la percorre di corsa e arriva sudata in cucina. Per un'ora prepara l'impasto; sente di aver sbagliato le dosi, si maledice per non aver preso appunti mentre la madre parlava. Nella realtà però non è pentita, ascoltarla con pienezza era tutto quanto le serviva.

Quando la casa si addensa del profumo dei muffin, Aya li estrae dal forno, li mette ad asciugare sul tavolo. Nell'attesa decide di uscire di nuovo e di tornare in cima a Nozoki-zaka, dove ha incontrato Toru per la prima volta.

Quando arriva, e si siede a terra, si accorge di essere lí proprio per verificare l'assenza di Toru, l'evidenza di quella sottrazione che ristabilisce il paesaggio per ciò che era, ovvero una cosa solo sua.

Legge qualche pagina di *Speranza abbandonata* di Nadežda Mandel′štam, pensa, inventa un nuovo termine per la pioggia. Trascorre cosí un'ora. Quando rincasa, morde il muffin e si scotta la lingua. Ingolla con foga un bicchiere d'acqua. Per poco non si strozza. E intanto pensa che gli innamoramenti non sono mai completamente reciproci. Neppure quando entrambi si siano dichiarati. La quantità e l'intensità dei sentimenti non possono per principio mai essere uguali.

Questa notte Aya non sogna ma immagina, intensamente, rimanendo supina sul letto. Si vede all'imboccatura di un tunnel con Toru accanto e, dopo poco, con sua madre. Quanto ha affidato a ognuno di loro? Se lui entrasse sotto al suo om-

brello cosa proverebbe? Di cosa potrebbero parlare? E sua madre? Che storia le racconterebbe?

Riposa male, giusto un paio d'ore.

Si sveglia che le pare di non essere mai andata a dormire. Attraversando l'ingresso della palazzina, un attimo prima di sfociare nella strada arsa dal sole, Aya apre la cassetta delle lettere. È la prima volta che la controlla da quando abita lí. Non sa cosa l'abbia spinta stamattina a quel gesto, come un destino che, all'improvviso, si sconfessa. Tra onde di annunci pubblicitari, nota un biglietto scritto a mano, poi due. Precipitano a terra offerte di acquisto di immobili e foglietti rozzamente confezionati. Aya li guarda come si guarda qualcosa che si è a lungo desiderato ma di cui ci si è sforzati di accettare l'assenza; e ci si è impegnati con tanta determinazione e disciplina che, alla fine, quel qualcosa non lo si desidera piú. Anche il desiderio cresce nell'abitudine: una volta estirpata questa, pure il primo fatalmente va via.

Aya non ha mai visto la grafia di Toru ma è convinta che sia sua.

Dentro c'è scritto qualcosa che ha a che fare con un incontro disatroso, poi con una nuova palestra e una caduta, qualche pensiero sul pugilato, su Nozoki-zaka e su Aya che gli torna oscillando alla memoria.

Li legge piú volte, consecutivamente, come uno spartito musicale con due stanghette verticali parallele alla fine. Eppure ha la sensazione di non capire. Ne ricava unicamente la certezza che ci sia qualcosa che non va piú bene nella vita di Toru e che lui la voglia cambiare. Si domanda come quell'affermazione la possa coinvolgere personalmente. Si accorge, nel pensarlo, di star tentando di porre della distanza.

Di fronte al rischio di considerare se stessa *insensibile*, e il loro incontro *inutile*, Aya si ripete che non è la sola durata delle cose a renderle significative. Che serve fare come le nuvole in cielo, serve lasciare andare ciò che pesa, restituire l'acqua alla terra, far cadere la pioggia.

Anzi – riformula per dare sostanza a quella sua curiosa calma –, si deve aspettare la vita con lo stesso spirito con cui si acquista un biglietto della lotteria: lo si infila nel portafogli e, senza porvi alcuna fiducia, lo si dimentica tra gli scontrini. Poi, sovrappensiero, giorni dopo si controlla la sequenza numerica e se si è vinto *evviva!* altrimenti lo si lascia cadere senza emozione nella spazzatura.

Epilogo

Nessun sentimento originario, nessuna supposizione, nessuna inclinazione naturale all'accudimento possono giustificare l'amore per qualcuno che non si lascia avvicinare.

Aya pensa che quantificare una separazione sia un'impresa impossibile con gli strumenti a sua disposizione. Sia che abbia a che fare con la matematica dei giorni, con il volume degli incontri accumulati o con i termini scambiati, lei non è in grado di dire ciò che sente nei confronti di Toru. Lo respinge, piuttosto. Lei non sarà mai come sua madre. Aya la ama da sempre ma, a distanza di anni, si accorge che la nausea che le è presa alla fine della scuola superiore non era un sentimento astratto di fastidio quanto piuttosto un'emozione precisissima che aveva a che fare con i vassoi che la donna trasportava dalla cucina al laboratorio di ombrelli dove lavoravano il nonno e il padre, ma su cui non era mai adagiata una tazza per se stessa. Quel dare e basta feriva l'adolescente che era Aya, soprattutto la inquietava quella spinta muta a emularla che avvertiva come una malattia ereditaria.

Si domanda adesso se una relazione nuova possa mai essere piú complicata di quella con la famiglia, arroccata su una versione di se stessa ormai cosí datata che pare di star riordinando la vita di una sconosciuta.

Cosí, per quanto Toru la richiami nella memoria, non fa nulla. Per quel breve periodo sono stati tutto l'uno per l'altra, ma perché non avevano nient'altro. Ora che ha recuperato sua madre, Aya infila i bigliettini scritti dal ragazzo tra le pagine dei volumi della libreria, a casaccio, fa loro perdere la strada. Evita per settimane Nozoki-zaka fino a quando i passi non la portano naturalmente a imboccare un'altra via.

Trascorre un mese, un ennesimo lo segue e lei li supera tutti senza fare storie, finché non ritorna la stagione delle piogge. Per una donna-ombrello è il periodo piú impegnativo: tutto corre, ascolta, accoglie.

Dal giorno dell'incontro con l'uomo sfigurato, Aya ha pregato il direttore dell'agenzia di accompagnare solamente donne. – Hai paura? – le ha chiesto ma lei non ha risposto. La verità è che le sente meno bisognose, piú capaci di bastarsi, mentre la solitudine degli uomini le pesa addosso.

Poi ecco che arriva il sette di luglio e Miwa la prega di sostituirla. Si è buscata un raffreddore e non se la sente di lavorare. È la notte di Tanabata e quelle di noi che hanno dei bambini a casa tengono a celebrare insieme la festa mentre le altre hanno da coprire il resto della clientela.

– Aya, te la senti? È proprio nella tua zona.

– Dove?

– A Mejiro. L'appuntamento è all'imboccatura del tunnel davanti al Family Mart, quello che sorge a breve distanza dall'Università Gakushūin. Hai presente?

– Un uomo? – chiede Aya pur immaginando la risposta.

Annota frettolosamente le coordinate, si rassicura quando l'altra le dice che è un habitué.

– È quello che ama parlare dei libri che legge, che fotografa spesso le nuvole e che racconta di come la gravità faccia precipitare le cose. Quello che da bambino ha lanciato in aria un bicchiere e se l'è fatto cascare in faccia pur di studiarne la discesa. Ormai siamo già in otto o nove ad averlo avuto come cliente. Non ha pretese.

Aya sorride, lo ricorda nei discorsi a fine turno delle amiche. – Va bene, riguardati. Vado io, non preoccuparti, – e registra l'appuntamento sulla mappa.

«Sono nata in un giorno di pioggia» vorrebbe dire Aya ma la frase le muore in bocca. Quando il cliente si avvicina, e lei lo riconosce, intuisce che ciò che ama istintivamente in lui è la fragilità, l'idea che possa andare a pezzi proprio come suo padre; comprende anche che lo ha lasciato andare perché, a differenza di sua madre, lei non è pronta a trascorrere la vita a ricomporre un uomo.

Lo sconcerto di vedere Toru andarle incontro, e soprattutto di non notare in lui quel medesimo stupore nel constatare che è proprio Aya a tenere alto l'ombrello, le rivela che il ragazzo conosce da tempo il suo mestiere.

– Ho sperato ogni volta che accadesse, che fossi tu… – dice ed entra sotto la tesa di stoffa.

Il viso del ragazzo non è gonfio né presenta escoriazioni, la bocca contiene solo i denti. Indossa un paio di jeans e una maglietta.

– Ho lasciato il pugilato.

Aya lo osserva ancora. La sera è chiara eppure, dal cielo terso, si fa spazio una nuvola, poi un'altra, come bambine invitate a radunarsi di fretta per la merenda.

– All'inizio non sapevo cosa fare. Ho passato cosí tanti anni a boxare che mi è parso di non essere piú niente.

– Sei caduto…

– Sí, ma questa volta ho preferito rimanere a terra – dice Toru. – E, in fin dei conti, ho pensato che forse è la prospettiva migliore che si può adottare per un certo periodo della vita.

Aya, che per la fretta non ha controllato il profilo del cliente, legge adesso per la prima volta il suo cognome, i ventinove anni, la scritta «carpentiere» nella casella del mestiere.

Si assicura anche del tragitto della passeggiata: un solo giro in tondo dal *konbini* al *konbini*, trapassando il breve tunnel sovrastato dal laccio di binari della Yamanote e della Shōnan-Shinjuku Line, scendendo e risalendo lungo il fiume in piena che diventa Nozoki-zaka sotto la pioggia.

– Andiamo? – esorta Aya come di consueto ma, mentre si prepara a invadere la sera, capisce

che, affinché quella coincidenza formidabile possa funzionare, serve deragliare. Alza il braccio in alto, fa ruotare rapidamente l'ombrello perché le gocce scappino in ogni direzione e, anziché iniziare a camminare, porge l'impugnatura a Toru.

– L'ombrello lo tieni tu?

Non è una domanda, è piuttosto un'esortazione ferma. Lo pensa cosí forte che le labbra paiono sillabare ogni parola: «o la cura è reciproca o non funziona».

Lui lo afferra e lo abbassa cosí da proteggere Aya. L'acqua cade, si arriccia sull'asfalto e scivola in rivoli piú spessi via via che la pioggia aumenta.

Si avviano verso il tunnel tappezzato dai murales degli alunni della scuola elementare locale. Ci sono fiori, arcobaleni e facce sorridenti ma anche spade, forse per via della vicinanza con il leggendario laghetto dell'Università Gakushūin, lí dove si tramanda che uno dei 47 *rōnin* pulí la propria *katana* insanguinata dopo aver portato a termine una vendetta.

«Secondo la leggenda della donna-ombrello, è qui che dovremmo sparire», pensa Aya «in un tunnel». E continua a camminare accanto a Toru.

Nell'ora che segue, lui le racconta di quando, all'incirca un anno fa, l'ha vista per la prima volta. In quei giorni già si allenava con furia su Nozoki-zaka e Aya era un'apparizione consueta, di cui lui notava però solo le gambe, il bacino, il braccio sinistro che dondolava sul fianco. Il volto era sempre coperto dalla calotta di un ombrello.

Finché un giorno, per caso, non l'aveva vista passare fuori dalla palestra dove tirava pugni al sacco e si era precipitato in strada, sudato e con il dorso nudo; di nascosto, l'aveva osservata accompagnare un uomo fino a un'abitazione, inchinarsi piano e poi fare ritorno.

– Da allora, – confessa ora ad Aya, – ti ho seguita un altro paio di volte. La seconda, dopo che sei andata via, ho intercettato il cliente.

– E per dirgli cosa?

– Per chiedergli di te.

Aveva cosí scoperto le donne-ombrello, la piccola agenzia a Tōkyō, e gli era venuta una gran voglia di parlarle. Come fosse stata la cosa piú naturale del mondo, aveva aspettato che una sera e poi una mattina Aya si sedesse a terra sulla cima di Nozoki-zaka e che prendesse, come spesso faceva, a far rotolare giú qualcosa.

– Quindi sapevi già chi ero, – mormora la ragazza confusa.

– No, sapevo soltanto che lavoro facevi. Ho capito chi eri quando hai cominciato a raccontarmi di te.

Aya è inquieta. Non capisce fino in fondo dove li porterà quella confessione, che è d'altronde la dichiarazione piú concreta d'amore che abbia mai ricevuto; la rende anche euforica l'idea di camminare sotto un ombrello che è qualcun altro a tenere per lei, l'altro che si cura di adattare il passo a quello di Aya e non viceversa. È cosí che si sta dall'altra parte della linea, di una delle tante linee di cui è fatta la sua vita.

Lo ascolta per tutto il tempo della passeggiata e si accorge che nei mesi di separazione Toru ha imparato a cadere, a incantarsi sullo splendore che è crollare, sa forse rimettersi in piedi e ritentare. E lei? È pronta a fidarsi di un uomo e a pretendere lo stesso grado di premura e concentrazione?

– Sai, – dice Aya, – io sono davvero nata in un giorno di pioggia.

– Credevo fosse una formula fissa.

– Per le altre sí, ma non per me. È stato proprio alla fine di un forte temporale che mia madre ha dato l'ultima spinta e sono venuta al mondo. La mia nascita era prevista per fine marzo ma era già aprile, il ciliegio sfioriva e mia madre soffriva in attesa che la liberassi. Ero in ritardo, pesavo, le sformavo la vita. Me lo ha detto fin da quando ero bambina: «Non avevi nessuna intenzione di uscire. È stato quel temporale che ti ha convinta».

Aya si interrompe.

– Cosa c'è? – domanda Toru.

– Guarda! – esclama lei indicando un punto davanti a sé.

Toru scosta l'ombrello, lo poggia sul fianco e solo allora il ragazzo nota la strada che conduce al tunnel, quello attraversato un'ora prima e cui hanno fatto ritorno, si accorge del Family Mart illuminato a festa, e di qualcosa di cui non ha subito contezza.

– Lo vedi anche tu? – riprende Aya con voce emozionata.

– La pioggia? Ma…

– Sí!

Ecco cos'è: la pioggia si è interrotta, l'aria è asciutta, eppure, solo una ventina di metri piú in là, dove il tunnel si spezza, l'acqua riprende come nulla fosse, schiantandosi a terra con violenza. Pare un corpo dimezzato dalla ferrovia.

È una pioggia privata, forse di un paio di metri quadrati soltanto, minuscola nel raggio.

«È nostra», pensa istintivamente Aya e si sente felice mentre tira Toru verso di sé.

Lui chiude l'ombrello e, preso dalla stessa euforia, le domanda: – Vuoi attraversarlo?

Aya annuisce.

Tōkyō sta zitta nonostante i treni passino rapidi sopra il tunnel.

Toru stringe la mano di Aya e conta: – Uno, due, tre…

Allo scoccare dell'ultima parola, imboccano il tunnel e prendono la rincorsa. Il muro d'acqua è lí.

Ci si buttano dentro con foga, corrono e ridono.

Ridono di tutto ciò che non sanno e che li aspetta dall'altra parte.

Alcune onomatopee della pioggia particolarmente amate da Aya

しとしと *shito shito* esprime il suono di una pioggia che parla a bassissima voce, quieta, con timidezza, come una pioggerellina leggera, quella lievissima tipica della primavera.

ぽつぽつ *potsu potsu* è l'inizio della pioggia, quando le gocce si avvertono cadere a una a una, quasi fossero ognuna indipendente dall'altra. È la prima avvisaglia di qualcosa che arriva.

ざーざー *zaa zaa* è il concerto della pioggia, quando è violenta e intensa, protagonista della scena; rappresenta la pioggia piú intensa, come durante un acquazzone o un temporale estivo. È il rovescio, per potenza del suono e volume d'acqua, che si schianta come a secchiate sul mondo.

サーッ *saa* rappresenta il suono della pioggia accompagnata dal vento, catturando efficacemente il movimento dell'acqua che viene spazzata via o che passa oltre.

ぱらぱら *para para* come gocce distinte, che cadono sparse, in direzioni persino diverse come granelli da una saliera. Indica una pioggia leggera e dinamica, con gocce che paiono disseminarsi ovunque con spensieratezza. Descrive perfettamente la vivacità di una pioggia improvvisa.

しょぼしょぼ *shobo shobo* descrive una pioggia debole, spesso associata a un'atmosfera umida e a una sensazione di malinconia.

どしゃぶり *doshaburi* è il diluvio, un temporale violentissimo che rende sonora la pioggia. È il fragore dell'acqua che cade.

ごろごろ *goro-goro* è l'onomatopea che descrive il rombo del tuono, spesso associato ai temporali, in attesa che l'acqua si palesi e inzuppi tutto il mondo.

ぽたんぽたん *potan potan* descrive il suono ritmico delle gocce d'acqua che cadono, tipico di una singola goccia dal rubinetto o di una perdita dal tetto. Risuona perlopiú nel silenzio.

Nota.

Ho scritto di una donna-ombrello, per la prima volta, vent'anni fa.

Non posso averne certezza, cosí come non si può avere certezza della propria memoria (anche quando essa si dichiara convinta), ma mi parve di averne vista una al semaforo al lato di Nakamichi-dōri a Kichijōji, un quartiere che frequentavo assiduamente ai tempi dell'università.

Vidi una giovane donna, o meglio vidi me stessa, con un ombrello aperto e, subito accanto, un altro essere umano (un uomo? una donna? di che età?) che ne era invece sprovvisto. Ricordo la tentazione di ripararlo sotto la calotta e insieme il timore di sembrargli strana, di essere guardata con sospetto se non addirittura paura. Eppure quel sentimento mi allagò la testa tanto che fu il primo soggetto per un racconto da inviare a un concorso letterario in lingua giapponese per stranieri. Iniziai traducendo nella lingua la pioggia, la foggia degli ombrelli, lo spirito di questa particolare donna che negli anni avrebbe cambiato almeno cinque volte aspetto e storia. L'organizzatore del concorso, infatti, morí proprio l'anno in cui intendevo inviare il racconto e i bandi non comparvero piú. La mia amata donna-ombrello si trovò coinvolta negli anni in trame diverse: riformulavo da capo la storia per farne un romanzo, oppure un racconto in una collana intrecciata con tanti piccoli altri, e poi di nuovo un racconto a sé. La pensavo, soprattutto, e continuavo a vederla dentro e fuori di me nei giorni di pioggia. Quanto è bella Tōkyō sotto l'acqua! pensavo e penso tutt'ora. E insieme tornava a me l'incipit, come una cantilena:

«Sono nata in un giorno di pioggia».

Mentre scrivo penso che vorrei approfondire di piú le storie di ognuno di loro, delle donne-ombrello, dei loro clienti, di Aya e di Toru, vorrei entrare sotto gli ombrelli delle persone che transitano a Tōkyō, soprattutto quando non sono da sole, ascoltare le loro parole. Ma la pioggia continua a cadere, è giugno, è luglio, in Giappone è la stagione delle piogge e l'acqua non smette di precipitare, si porta via la nettezza del mondo, mi distrae.

Penso allora che ho accettato di scrivere questa storia solo a patto di non esaurirla. Ma, del resto, si può mai esaurire la pioggia? Lessi distrattamente un verso di Anna Achmatova, forse lo fraintesi. Forse apparteneva a un'altra poetessa, ma rimase con me nella memoria. Parlava di un bosco che si sviluppava lontano dallo sguardo e pensai che era vero. Nasce sconosciuta una foresta, quando si palesa è troppo tardi per domandarle da dove venga, chi l'ha voluta. Ormai è lí, è nata, è cresciuta ed è manifesta.

Cosí, talvolta, accade anche a una storia. Cresce sconosciuta anche nella testa di chi l'ha inventata. Un giorno, però, eccola lí, già sviluppata, scritta addirittura.

Ricordo che anni fa, grosso modo al terzo tentativo di scrivere delle donne-ombrello, Ryōsuke mi spiegò che in giapponese esisteva un'espressione che rendeva concreta l'idea di una zona di cecità presente anche nella luce piú intensa, e soprattutto di come l'immersione completa in qualcosa, quella cosa ce la nasconda.

– Si dice 灯台下暗し *tōdai-moto-kurashi*, – mi spiegò nel suo solito modo che in quasi vent'anni è rimasto invariato, ovvero tracciando i caratteri sul palmo sinistro, – e si compone di tre parti. La prima è il doppio *kanji* di 灯台, che intende oggi il «faro», quello arroccato sulla costa o su un'isola ad avvertire nell'oscurità le navi della presenza della terra, ma che un tempo intendeva il candeliere. Il secondo è il carattere di 下 «sotto», e il terzo è 暗し l'«oscurità».

Cosí, in una successione di tre *kanji*, era possibile visualizzare concretamente l'idea: avvicinarsi troppo alle cose non sempre ce le mostra, bensí ce le cela allo sguardo. Pare quasi un paradosso quest'immagine della luce che spiega tutto quanto ha intorno e nasconde invece quanto ha sotto. Ma è cosí.

Alla stessa maniera, per vedere la pioggia, serve stare in un punto in cui non ci bagna. Starvi dentro, ma non subirla.

Questo è, infatti, un libro sulla pioggia. Questa storia parla di pioggia. C'è però una piccola zona asciutta in ogni acquazzone. Si crea per uno strano fenomeno, talvolta per uno squarcio anomalo delle nuvole. Per una singolarità di venti e chiome d'alberi.

Oppure, piú semplicemente, perché qualcuno tiene spiegato un ombrello, lo solleva sopra le nostre teste, e ci protegge.

Libri di riferimento.

Kurashima, A., Harada, M., *Ame no kotoba jiten* [Dizionario delle parole della pioggia], Kōdansha, Tōkyō 2014.

Mandel'štam, N. J., *Speranza abbandonata*, trad. it. di V. Parisi e M. Zucchelli, Settecolori, Milano 2024.

Seminara, E., *Atlante degli abiti smessi*, Einaudi, Torino 2015.

Watsuji, T. *Vento e terra. Uno studio dell'umano*, trad. it. e cura di L. Marinucci, Mimesis, Milano 2014.

Ringraziamenti

Emiliano

Paola

Ryōsuke

Claire

Mario

Angela

Claudia

Carmen

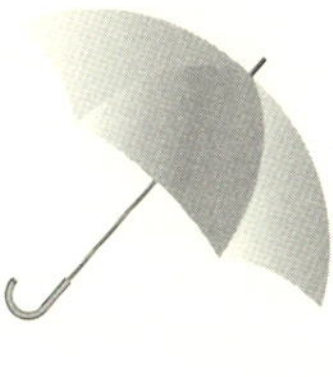

Indice

Einaudi usa carta certificata PEFC
che garantisce la gestione sostenibile delle risorse forestali

PEFC
PEFC/18-32-03

Certificato PEFC
Questo prodotto è realizzato con materia prima da foreste gestite in maniera sostenibile e da fonti controllate
www.pefc.it

Stampato per conto della Casa editrice Einaudi
presso ELCOGRAF S.p.A. - Via Mondadori, 15 - Verona
nel mese di novembre 2025

C.L. 27121

Ristampa					Anno			
1	2	3	4	5	2025	2026	2027	2028